FRÉDÉRIC BEIGBEDER

roman

BERNARD GRASSET
PARIS

Illustration de couverture : Philippe Gautier

ISBN 978-2-246-81923-3

AVERTISSEMENT

Toute ressemblance avec des faits réels ou des personnalités existantes pourrait révéler les limites d'un auteur sans imagination.

Un jour, il me faudra admettre que j'ai consacré mon existence à faire passer mes problèmes pour des fictions et ma vie pour un roman.

Octave Parango

« Quiconque n'est pas régulièrement la risée des foules ne mérite pas d'être considéré comme un être humain. »

Frédéric BEIGBEDER,
Mémoires d'un jeune homme dérangé, 1990.

« L'homme a quatre visages : ce qu'il est vraiment, ce qu'il croit être, ce qu'il montre aux autres, et ce que les autres perçoivent. »

CONFUCIUS,
environ 500 ans avant Jésus-Christ.

« Je suis la plaie et le couteau !
Je suis le soufflet et la joue !
Je suis les membres et la roue,
Et la victime et le bourreau ! »

Charles BAUDELAIRE,
Les Fleurs du mal, 1857.

À mon père et mon fils.

TRAJECTOIRE D'OCTAVE PARANGO

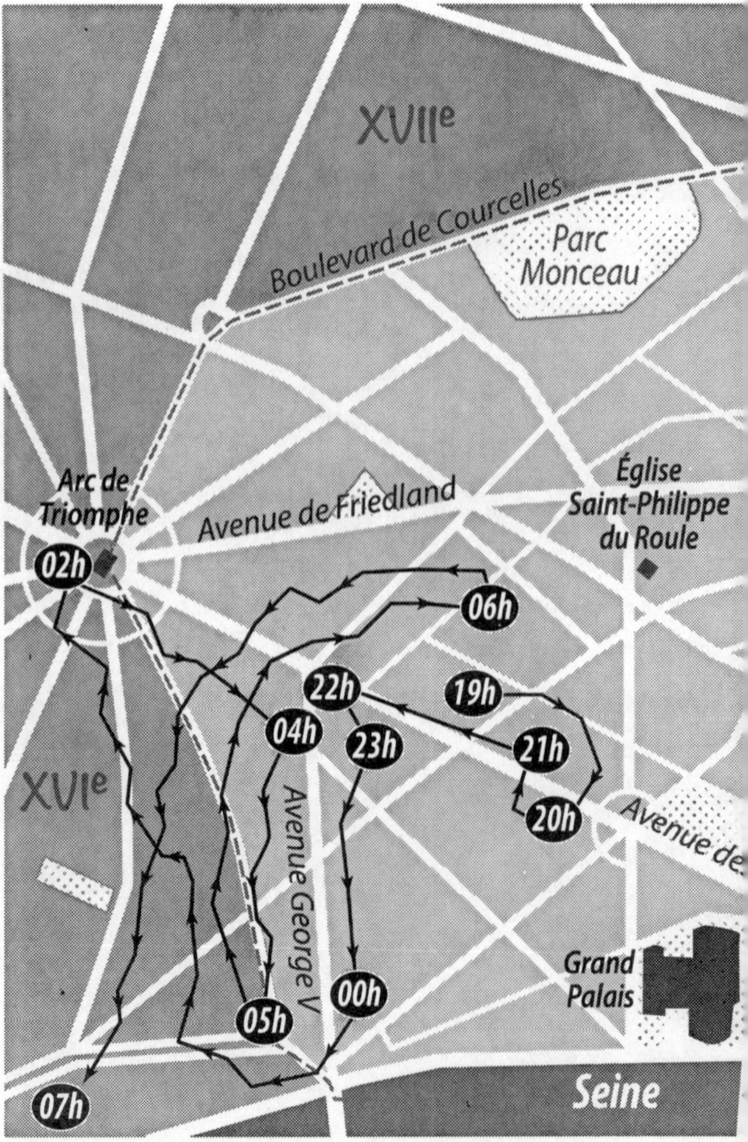

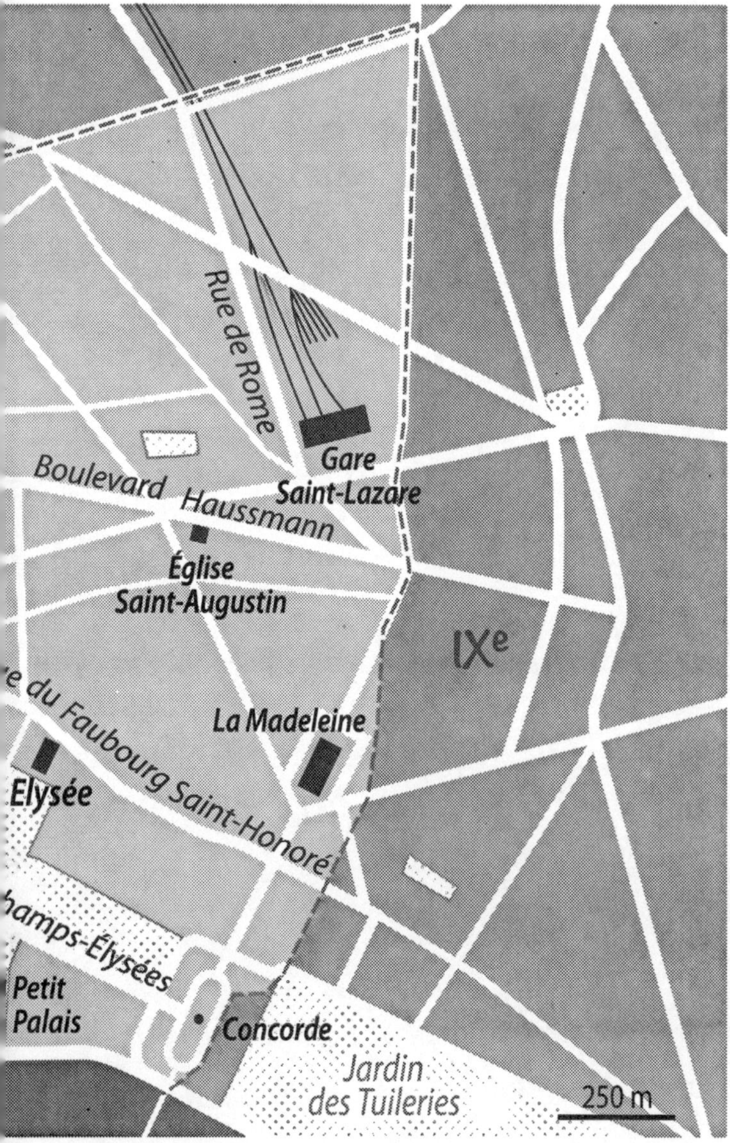
Rue de Rome
Gare
Saint-Lazare
Boulevard Haussmann
Église
Saint-Augustin
IXe
e du Faubourg Saint-Honoré
La Madeleine
Elysée
hamps-Élysées
Petit
Palais
Concorde
Jardin
des Tuileries
250 m

Je m'appelle Octave Parango et j'ai soixante-quatorze ans dans vingt ans.

Les sondages viennent de tomber : je travaille pour la Matinale la plus écoutée de France. L'audience de France Publique a été évaluée par Médiamétrie à 3,9 millions d'auditeurs. Ce matin, l'animateur du 7/9 présente fièrement chaque participant. « Et voici maintenant la météo la plus écoutée de France », « Et à présent l'économiste le plus écouté de France », « Je suis assis à côté de l'intervieweuse la plus écoutée de France », alors quand vient mon tour, il poursuit sur sa lancée : « Tout de suite le billet d'Octave Parango, l'humoriste le plus écouté de France » avec un clin d'œil malicieux. J'aurais dû me méfier : d'habitude, l'animateur est très avare en fermeture de paupières joviales. Cette complicité soudaine trahit quelque chose... L'ambiance est badine, la coanimatrice sourit, tout le monde semble content. Pourquoi vais-je tout gâcher ? Qu'est-ce qui m'a pris ? Ce livre raconte un sabordage qui n'est pas seulement le mien, mais ressemble plutôt à un sacrifice collectif.

Mon naufrage commence sur un fond sonore de folklore traditionnel indien, interprété par Ravi Shankar avec la grâce hypnotique qui caractérise son toucher langoureux du sitar. Cette musique planante a le don de détendre l'ambiance d'une émission stressante. Il s'agit d'un extrait du concert pour le Bangladesh organisé par George Harrison au Madison Square Garden en 1971, le premier concert de charité de l'histoire de la musique pop. En pleine crise des gilets fluos, ce fond baba-cool est censé apporter un message d'espoir. Après un moment de silence, je finis tout de même par ânonner dans un micro tordu vers ma bouche pâteuse.

— Oh je sais ce que vous vous dites : Octave gagne du temps. Octave n'a rien fait, Octave s'est couché très tard. Octave a peu dormi. Alors euh… c'est aujourd'hui un peu particulier comme situation. J'avais vraiment écrit une chronique super brillante sur les gilets fluorescents, c'était très intéressant, mais je l'ai perdue. Je l'avais écrite sur un morceau de papier que j'ai égaré hier soir, vers trois heures du matin… dans une nouvelle boîte qui s'appelle Medellin… c'est vrai en plus : le Medellin, avenue Marceau.

En face de moi, Sylvia Villerde, journaliste médias de la chaîne, éclate d'un rire nerveux. Elle plonge sa tête dans ses mains, puis s'essuie les yeux et coiffe ses cheveux bruns avec ses doigts écartés, ce qui est chez elle une manière de dissiper la peur. Elle a le trac pour moi car elle sait que je dis la vérité : contrairement à mon habitude, je ne suis pas en train de lire une feuille de papier. À ma droite, Antonin Tarpenac éloigne son fauteuil à roulettes pour ne pas figurer sur les vidéos à mes côtés. Il écarquille ses yeux bleus, où la bienveillance est remplacée par le what-the-fuck. Quant à Dominique Gombrowski (ses lunettes rondes, son large sourire, son tee-shirt XL d'intellectuel qui se fiche de venir en pyjama au bureau), il vient de terminer sa revue de presse en agitant les bras comme chaque matin, et il est hilare. Il est fanatique de mes pitreries. Il croit que je fais semblant de n'avoir rien foutu et que je vais retourner la situation. Cher Dominique, je regrette de t'avoir déçu.

— Mais… euh… on est bien là, non ? On est la première Matinale de France, bravo à tous, félicitations !

Laura Salomé, la coanimatrice diplômée de Sciences-Po comme moi (mais il y a moins longtemps), se dit qu'elle devrait être à la maison en train de s'occuper de son bébé au lieu de gâcher sa vie avec des abrutis. Elle me coupe :

— Vous allez tenir trois minutes comme ça ?

Je sens une montée de transpiration perler sur mon front. Il y a un problème, tous le sentent, sauf moi, tellement persuadé d'être génial.

— Je trouve qu'on est bien. Dominique a lu tous les journaux pour nous éviter de le faire…

— C'est vrai, dit l'animateur d'une voix blanche.

L'animateur, Nathan Dechardonne, commence à s'agiter sur son fauteuil. Il est intégralement inhumain. On ne confie pas un carrefour aussi important à quelqu'un d'empathique. J'admire sa froideur absolue. Il sait rester maître de ses émotions en toutes circonstances, comme à l'époque où il organisait des plans sociaux à *Libération*. Il ne craque jamais sous la pression. Et ce qui m'épate par-dessus tout, c'est qu'il est exactement le même hors antenne : jamais un mot gentil, jamais une attention délicate, Nathan ne baisse jamais la garde ; c'est un bulldozer. Il est le chaînon manquant entre l'humanité et la machine. Quand, après son passage, on confiera l'animation de la Matinale à un algorithme, les auditeurs n'entendront pas la différence.

J'insiste cependant.

— Nathan et Laura, l'émission est à peu près finie, là pour vous c'est bon, les interviews sont terminées…

— L'inquiétude règne quand même, à cette heure-là, soupire Nathan.

— On a peur pour vous et surtout pour les auditeurs : on pense à eux, ajoute Laura.

— Les auditeurs de l'émission qui suit aussi, renchérit Antonin.

Antonin doit interviewer dans dix minutes une chanteuse à texte qui fronce les sourcils en couverture de *Télérama*, dont le nom m'échappe aujourd'hui.

— C'est la panique, donc, poursuit Nathan.

— Ils ont déjà changé de radio, ils sont sur Culture Publique, au lieu d'écouter Tarpenac ! s'écrie Laura, révélant sa préoccupation principale : rester leader de cette tranche horaire, à n'importe quel prix.

Je tente de résister à leur tir groupé.

— Vous êtes beaucoup trop stressés. Là, vous allez vous coucher après, non ? Vous allez faire dodo ?

— Non, on a d'autres rendez-vous, répond Laura.

Je sais pertinemment que je crée un moment de grand danger. Nous réalisons tous que rien n'est sous contrôle. C'est à la fois très agréable et très angoissant. Le malaise est palpable ; j'ai à la fois chaud aux tempes et froid dans le dos. Chaque seconde dure une éternité. Pareille situation ne se produit jamais en pareil endroit. Peut-être avons-nous, tous ensemble, trouvé un moyen d'arrêter le temps. À moins que je ne sois juste un glandeur en train de ruiner le triomphe d'une émission de radio en direct.

— Medellin c'est comme le cartel ? demande Dominique. Et on y fournit de… ?

— C'est bizarre, dis-je, il y avait écrit « Chez Pablo » au-dessus de l'entrée.

— Oh non ! se récrie Laura.

Il est assez rare de faire l'éloge de la colombienne à une heure de si grande écoute. Je me crois subversif alors que je continue de m'enfoncer dans les sables mouvants de l'improvisation potache.

— Donc les seuls qui vont encore travailler sont Sylvia et Antonin. Vous vous êtes réveillés à quelle heure ?

— Cinq heures et demie/six heures, lâche Antonin avec lassitude.

— Et Sylvia ?

— Cinq heures quarante-cinq.

— Alors, comme j'avais pas de chronique, poursuis-je, j'ai quand même trouvé un article dans un journal sérieux qui s'appelle *Le Figaro Madame*. Un journal très sérieux.

— C'est vrai, dit Nathan, en espérant que son ironie s'entende, et elle s'entend.

— … article que j'ai déchiré dans le taxi, et qui s'intitule « La revanche des lève-tard » de Valérie de Saint-Pierre : elle cite une étude de la London School of Economics qui atteste que « les oiseaux de nuit sont plus intelligents que les pinsons de l'aube ».

— Puissant, ça… dit Nathan, peut-être vexé – il n'a pas dû (ou pu) mettre les pieds dans une boîte de nuit depuis cinq ans.

Mon calvaire se prolonge. Je m'y complais avec l'arrogance du désespoir. Ma déroute a quelque chose de délectable, comme tous les grands projets auxquels on renonce.

— Et il y a une autre étude de l'université de Chicago, qui affirme que les couche-tard sont plus audacieux, prêts à prendre des risques, alors que les gens qui se lèvent à six heures sont psychorigides.

— Merci pour moi, grommelle Antonin.

Je m'aperçois que je les ai tous froissés, alors que tel n'était pas mon but. Je cherchais à tenter une expérience : introduire du vide, du naturel, du vivant dans la mécanique huilée de l'humour matinal. Je voulais prouver qu'on pouvait sortir de l'éternelle chronique lue à toute berzingue : je suis en train de démontrer le contraire. Peut-être qu'inconsciemment, en citant ces recherches scientifiques sur les qualités des couche-tard et les défauts des lève-tôt, je veux seulement justifier mon noctambulisme et mon oisiveté… alors qu'autour de moi, il n'y a que des bosseurs matinaux qui en ont, légitimement, ras le bol d'entendre des leçons d'un noceur flemmard. Sans parler des millions de gens qui souffrent de s'être levés aux aurores pour entendre les élucubrations d'un paresseux.

— On s'arrête là ? demande Nathan.

— Quoi ? Ça ne vous intéresse pas ? fais-je, comme si j'étais surpris, alors qu'il me fusille du regard depuis quatre-vingt-dix secondes.

— Bah…

— Pardon, amis auditeurs ! supplie Laura.

— C'était en tout cas la dernière chronique d'Octave Parango ! s'écrie Nathan, suscitant un éclat de rire général autour de la table.

Il me contemple avec la même tendresse que ma fille quand elle verse du sel sur une limace.

J'ai l'impression d'être aspiré dans un trou noir.

Je viens d'être licencié en live. Je sue abondamment, je rougis, je retire mes lunettes pour m'essuyer le nez. Je me demande ce que je fous là et je ne suis pas le seul. Autour de la table, derrière la vitre du studio, dans les bureaux de la Maison Rouge et dans les hautes sphères de la nation française, tout le monde se pose la même question.

— Il s'est suicidé en direct ! rigole Laura.

Je prononce alors la dernière vanne situationniste de l'ex-« humoriste le plus écouté de France » :

— Si personne n'allait au bureau, il n'y aurait plus ces problèmes de carburant.

Il s'agit d'une allusion anarchiste à la hausse de la taxe carbone qui provoque un mouvement de révolte sans précédent en France. Mes collègues me regardent, effarés. Ils sortent du studio sans rien dire. Seul Antonin vient me consoler.

— Mais qu'est-ce que tu as essayé de faire, t'es complètement malade ? Il faut avoir un papier écrit, toujours ! Y'a pas de cas où t'arrives les mains vides !

Je sais que sa panique est amicale mais il tombe mal. J'ai compris – et peut-être voulu – ce désastre. Je titube vers le bureau où j'ai posé mon manteau bleu. Plus personne ne me prête attention. Je me dirige vers l'ascenseur dans un silence de mort. Je devine que je suis déjà un sujet de conversation, ou pire : d'apitoiement général. Je viens d'imploser devant la France entière. Dans les minutes qui suivent, la boîte mail de la Médiatrice de France Publique est saturée de courriels d'auditeurs exigeant mon renvoi. Je reçois quelques sms de félicitations de copains aussi nihilistes que moi : « waow, t'es mon idole », « c'était lunaire », « j'en ai rêvé, tu l'as fait ». Mais je ne suis pas dupe de la situation que j'ai créée. J'ai cette manie de toujours chercher à me faire virer. Ma psychanalyste prétend que c'est par manque de confiance en moi, que je cherche à vérifier l'amour qu'on me porte, comme un enfant capricieux casse ses joujoux. Cette fois, le test ne sera pas concluant. Vers 18 heures, la Médiatrice annonce mon départ sur Twitter : « Chères auditrices, chers auditeurs, vous nous avez exprimé votre déception à l'écoute de la dernière chronique d'Octave Parango. Lui-même convient de sa faiblesse et a décidé d'arrêter l'exercice, n'ayant plus assez de temps pour s'y consacrer correctement. »

J'ai été dégagé en une journée, sans préavis, ni avertissement, ni entretien préalable. J'ai l'impression d'être un cancre renvoyé du collège par le proviseur. Jamais chroniqueur ne fut éjecté aussi rapidement dans toute l'histoire de la rédaction de France Publique. Ce départ précipité fut présenté comme une démission. Sachez qu'au sein d'un média de cette importance, quand quelqu'un démissionne en quatrième vitesse, c'est qu'il n'a pas démissionné. On l'a poussé dehors et on le laisse clamer partout que c'est sa décision, par courtoisie… et pour éviter de l'indemniser.

Deux mois plus tôt, lors de la première réunion de l'équipe de la Matinale de France Publique, la patronne des programmes, Françoise Bachelot, a demandé à tous les chroniqueurs d'être « punks ». Sans doute, ce matin, l'ai-je été un peu trop.

La veille, 19 heures

« Je serai pendu demain matin. »

Michel Polnareff, *Le Bal des Laze*, 1968
(paroles de Pierre Delanoë).

1.

C'est l'histoire d'un homme qui voudrait travailler, mais n'y arrive plus. Il boit ces verres de vin blanc qu'on écluse à midi sans réfléchir, et qui engourdissent le cerveau jusqu'au soir, provoquant un rire d'apocalypse. Un rideau de cheveux hirsutes cache les yeux cernés du Big Lebowski parisien ; le reste de son visage est très poilu. Il aime être affalé sur des canapés d'hôtel, la nuque cassée par des coussins trop durs, sans attendre de rendez-vous. Il pleut dehors, il tousse, inutile de se soigner puisque la fin du monde est dans vingt minutes. Un mouvement protestataire est en train de naître en France : des rebelles vêtus de gilets fluorescents expriment une colère que personne n'a vue venir, une révolte grandissante contre la pauvreté et l'indifférence des classes dirigeantes. Chaque semaine, des manifestations de plus en plus violentes ont lieu à Paris ; nées sur Facebook, elles semblent incontrôlées et incontrôlables. Sur le 8e arrondissement de Paris flotte une atmosphère de guerre civile.

Descendant l'avenue des Champs-Élysées, Octave Parango s'identifie aux magasins Abercrombie & Fitch. Pendant les années 2000, on y entendait Justin Timberlake à fond, il y avait très peu de lumière et beaucoup de musc, de jolies filles se dandinaient en bikini orange triangulaire, de beaux gosses au torse luisant gonflaient leurs pectoraux, tout le monde vénérait le mode de vie des surfeurs californiens, une foule adolescente patientait à l'entrée, derrière des barrières métalliques, gardée par un culturiste black en tee-shirt noir et veste trop cintrée. Et puis un jour la lumière s'est rallumée, quelqu'un a baissé le volume de Justin Timberlake qui ne vendait plus un disque, les danseuses et danseurs en maillot de bain se sont volatilisés, soudain la boutique était déserte et silencieuse, le surf était devenu un banal sport de masse, et plus personne ne se bousculait à la porte. Au lieu d'un physionomiste pour bloquer les clients à l'entrée, il aurait fallu recruter un rabatteur pour alpaguer les passants sur le trottoir des Champs-Élysées.

La vie d'Octave a fait faillite sans qu'il s'en aperçoive.

L'argent coulait à flots dans les années 1990… La publicité régnait et il en était l'un des prodiges. Il se souvient de tournages somptueux en Afrique du Sud, de soirées cannoises qui viraient à l'orgie, de séminaires dans des palaces à l'île Maurice, de son arrivée au bureau à quinze heures tous les jours en même temps que son directeur de création. Le fric de la pub finançait tous les médias, quand il y avait moins de supports et plus d'annonceurs. Dans les années 1990, non seulement la communication surpayait ses employés, mais la télévision surpayait ses animateurs, les journaux surpayaient les écrivains, la mode surpayait les mannequins… Les agences ne savaient plus quoi faire de leur argent. La presse aussi se gavait. La manne publicitaire lui évitait de se remettre en question. Et puis est arrivée cette sordide invention de l'armée américaine : Internet. La démocratisation des médias a fait croire au peuple que tout le monde pouvait être animateur, publicitaire, journaliste ou humoriste : il suffisait d'avoir un ordinateur, un smartphone ou une webcam. La notoriété n'était plus une affaire de privilégiés mais une compétition ouverte à tous. La moindre blogueuse dans sa studette pouvait donner son avis sur la dernière collection Chanel en échange d'un sac gratuit. N'importe qui se prenait pour une star – et parfois le devenait. Le pouvoir des médias s'est effondré dans les années 2000 et aucun patron de presse ne l'a vu venir : ils étaient trop occupés à déjeuner au Fouquet's avec Maurice Lévy. Résultat : plus un kopeck, la galère pour tous les pubards/chroniqueurs/prostitués/frimeurs des décennies fastueuses de la fin du XXe siècle.

Tout d'un coup, les réseaux sociaux permettaient de cibler les annonces publicitaires en temps réel sur chaque consommateur, individuellement, au moment le plus efficace. Octave prétendait qu'il haïssait les réseaux sociaux parce qu'ils espionnaient nos secrets pour les vendre à des entreprises. La réalité est qu'il leur en voulait surtout de lui avoir piqué son boulot. À présent, *tout le monde pouvait être Octave.* À titre d'exemple : lorsque le groupe Condé Nast avait demandé à Octave d'animer la Cérémonie des Hommes de l'Année il y a dix ans, le magazine *GQ* avait loué le musée d'Orsay et invité trois cents personnalités à souper. Cette année, ils l'avaient rappelé pour animer de nouveau la cérémonie… debout sur une estrade, dans un restaurant gratuit. Il avait annoncé les lauréats comme s'il animait la Semaine de la Saucisse de Morteau dans un hypermarché. Ce qui étonnait Octave, c'était que les journalistes n'aient pas vu venir la révolte du prolétariat alors… qu'ils en faisaient partie. La dèche concernait tous les secteurs médiatiques. Les politiciens n'avaient même plus besoin de nous pour être élus ! On voyait d'anciens ministres tapiner pour trois sous sur C8, d'ex-vedettes de la télé vendre leur podcast ou créer leur chaîne YouTube que personne ne regardait, et même une ancienne miss météo au chômage mendier du fric sur Instagram. Le déclassement touchait tous les flambeurs des années nonante sans exception. Ils faisaient moins les fiers qu'au Jane's Club de Cannes en 1992… où Octave avait tapé de grosses lignes de poudre blanche à quatre pattes sur le couvercle de la cuvette des chiottes avec les dirigeants de sa chaîne à péage ainsi que le CEO de l'agence Publicis, mort peu après, du même cancer que Jean-Luc Delarue.

Et aujourd'hui sur France Publique
Parango gagnait moins que le SMIC.

2.

Octave Parango entre chez Sephora au 70, Champs-Élysées. Il se souvient d'une excursion avec son père et Dewi Soekarno chez Champs Disques, quarante ans plus tôt. Son père avait acheté un grand sac de 45 tours pour la fille de l'impératrice d'Indonésie, une brune timide prénommée Kartika. Octave était tombé amoureux d'elle à treize ans. Aujourd'hui, il porte des fringues aussi hors de prix qu'hors d'usage, par exemple un pull en cachemire Loro Piana, très doux mais très troué. Il déambule parmi les rayonnages de parfum pour hommes en prétendant ne pas avoir remarqué la vendeuse aux yeux vert émeraude, au menton volontaire, aux incisives écartées, au rouge à lèvres pourpre, aux salières proéminentes, aux poignets graciles, qui est la cause de son irruption dans ce magasin de cosmétiques, et qui maintenant s'approche de lui, précédée d'une odeur de miel et de vanille.

— Bonjour Monsieur, recherchez-vous quelque chose de précis ?

— Bonjour, on vous a déjà dit que vous ressemblez à Kartika Soekarno ? répond Octave.

La vendeuse, dont la bouche sent la menthe fraîche, n'est pas déstabilisée :

— Non, qui est-ce ?

— Un compliment. Je vis un drame épouvantable : Dolce & Gabbana ont cessé de fabriquer mon eau de toilette, « L'amoureux ». Que vais-je devenir ? Je cherche un parfum qui donne immédiatement envie de me faire l'amour.

— On nous demande la même chose toute la journée. Vous avez essayé « Fucking Fabulous » de Tom Ford ? C'est un cuir oriental décadent à l'étreinte enivrante. Je ne suis pas objective : c'est le parfum de mon amoureux.

— Combien ?

— 500 euros le flacon de 100 ml.

— Ah tout de même.

— Monsieur, désirez-vous coucher ou ramer ? 500 euros, cela reste moins onéreux qu'un râteau moyen à Paris avec une coincée du 16e.

— Vraiment ?

— Faites le calcul : 500 euros c'est un dîner en tête à tête avec une fille de bonne famille dans un restaurant décent, comprenant les coupes de Ruinart rosé avant et le ballon de cognac Louis XIII après, plus les taxis, la bouteille de Grey Goose en club et les pourboires au serveur et au vestiaire, tout cela pour rentrer bredouille… alors que là vous investissez le même tarif dans un flacon qui peut durer des années.

— Mais vous me garantissez que je ne finirai plus la nuit seul devant des sites à caractère pornographique ?

— Vous regarderez les mêmes vidéos mais accompagné.

— Diriez-vous que ce parfum est efficace à 100 % ?

— 99 %. Il y a toujours le risque de tomber sur une personne anosmique.

— Et si j'en portais maintenant, craqueriez-vous ?

La vendeuse perd instantanément son sourire et brandit son iPad connecté à la Wi-Fi.

— Voulez-vous que je prévienne : 1) la direction du magasin, 2) le commissariat de police, ou 3) Twitter directement que vous êtes en train de m'importuner ?

— Bon, bon, ça va, ne nous énervons pas ! Je l'achète votre flacon !

Que de souvenirs… Dans les années 1990, Tom Ford avait initié la vogue du « porno chic » dans la publicité de luxe. Il pensait que toutes les femmes devaient s'habiller en putes et les hommes en smoking. En réalité, il plagiait l'univers d'Helmut Newton, où des vamps aux seins nus sur talons aiguilles allument toujours des play-boys aux tempes argentées en costume croisé Yves Saint

Laurent. Octave adorait la décadence il y a vingt ans… avant son déclassement. En d'autres mots : il trouvait élégant de danser sur des ruines tant que la ruine n'atteignait pas son compte en banque. La situation a changé au début des années 2010, quand il s'est aperçu qu'il avait tout dépensé, et que sa double colère (deux pamphlets adaptés au cinéma, l'un contre la publicité, l'autre contre la mode) lui avait fait perdre son travail et sa fierté. De son côté, Tom Ford, après son licenciement par François Pinault, avait tourné des films dépressifs au stylisme impeccable, des histoires de gays en deuil errant dans de belles villas qui ressemblaient à des boutiques Christian Liaigre. Tom vivait dans le désert du Texas, il se prenait pour Christopher Isherwood, bref, il était devenu sinistre. Malgré cela, Octave le considérait toujours comme son maître en dandysme : il s'efforçait de porter des cravates en cachemire pour continuer à se différencier des hipsters à capuche et des punks à chien.

Octave demande à la belle vendeuse de l'asperger de « Fucking Fabulous » puis paie son parfum aphrodisiaque avec le dernier billet de 500 euros rose disponible dans tout l'espace Schengen. Ce bel argent liquide est le trophée qui lui reste de la Russie du début du siècle : il vient de réapparaître dans un manteau italien retrouvé dans son déménagement. Le caissier vérifie dix fois le dernier billet rose d'Europe dans son détecteur à rayons ultraviolets avant de l'accepter en jaugeant Octave d'un air soupçonneux. Toute personne porteuse d'un billet de 500 euros est au mieux en train de blanchir une fraude fiscale, au pire un dealer de coke. Vous l'aurez compris : Octave est de retour à Paris après quelques années d'expatriation en Russie. Il fut un temps où une telle information aurait pu figurer en dernière page de *Voici*. Vous savez : celle où l'on imprime les ragots sur les personnalités pas assez connues pour passer en couverture. Le soir descend sur l'avenue des Champs-Élysées ; les fêtes de fin d'année approchent ; les guirlandes dans les arbres tentent d'imiter l'ascension des bulles d'une coupe de champagne géante vers le firmament ; des planches de bois calcinées sont empilées devant le mégastore Louis Vuitton.

Ce soir, Octave Parango est le contraire d'E.T. : il ne veut pas rentrer à la maison. Il devrait, pourtant. Il a une chronique à écrire pour le lendemain matin.

3.

Aujourd'hui, la drôlerie est obligatoire. Les présentateurs plaisantent, les hommes politiques badinent, les chauffeurs de taxi galèjent, même les pilotes d'avion et les conducteurs de train tentent des annonces comiques au micro. La grande rigolade est universelle. Le monde entier se gondole en même temps qu'il se réchauffe. Le sérieux est interdit. Tout doit être absolument désopilant : les titres des journaux font des calembours, chaque discours politique contient des petites phrases marrantes pour passer au 20 Heures, les philosophes enregistrent des vannes pour « buzzer » sur YouTube, les chanteurs chambrent leurs confrères pour attirer l'attention. Depuis Andy Warhol, tout l'art contemporain n'est qu'une blague à prendre au second degré.

Pour mieux se figurer ce qu'est l'humanité dans les années 2020, il faut fermer les yeux et imaginer une foule de huit milliards de personnes mortes de rire. Littéralement décédées, entassées par terre, se gondolant. MDR. LOL. PTDR. Mouahahahaha. Il faut visualiser le *Titanic* qui coule avec, à la place de l'orchestre, un comique qui entame un numéro de stand-up. « Eh les gars, je sais pas si vous avez remarqué mais c'est vachement humide ici, non ? On n'est plus sur un paquebot : c'est carrément l'Aquaboulevard ! Franchement, moi, j'arrête les piscines à débordement ! Hey, cela dit, mourir à cause d'un glaçon, c'est le rêve de tous les buveurs de whisky ! » (Lancer ici les rires préenregistrés.)

Le but des Occidentaux était de faire du monde une blague perpétuelle.

En 1900, Henri Bergson définissait le rire comme un accident : du mécanique plaqué sur du vivant. Le rire était toujours inopiné. Maintenant que le rire est la norme, où est l'accident perturbateur ? C'est un type sérieux. Une fille qui bâille. Quelqu'un de désemparé. Celui qui dérègle l'impératif humoristique par la fainéantise et le silence. Mais aussi celui qui dit franchement son désespoir, son embarras, sa maladresse (Louis C.K., Blanche Gardin, Gaspard Proust, ce dernier si reclus, asocial et timide dans la vie réelle : lors du tournage d'un film sur Octave, Gaspard lui avait confié son aversion pour le rythme hebdomadaire de sa chronique à la télévision). Ou bien l'humour spontané, créateur, imprévu d'Édouard Baer et Benoît Poelvoorde. Un rire non écrit, non planifié, qui surgit de l'observation du présent. Si le présent ne s'y prête pas, on ne se force pas à déconner, on a même le droit de faire la gueule. Dans un univers de gaudriole obligatoire, seule la sincérité perturbe. L'accident dans le système aujourd'hui n'est pas un coup de pistolet dans un concert, mais L'Homme Qui Ne Rit Pas. La subversion aujourd'hui, c'est d'être le contraire du Joker. L'Homme Qui Souffre ? L'Homme Qui Brûle Un Kiosque À Journaux ? Celui qui ne dit du mal de personne. Celui qui croit en quelque chose, s'agenouille et prie. C'est lui le vrai renégat : l'empêcheur de s'esclaffer en rond.

4.

Quand Octave est revenu de Russie après l'incendie de la cathédrale du Christ Sauveur, il n'a trouvé qu'un seul emploi, celui de pigiste dans les pages littéraires du *Figaro Magazine*. Son pamphlet contre la publicité avait rencontré un certain écho ; son nom gardait une certaine valeur, même s'il pouvait effaroucher les annonceurs. L'attentat de Moscou a été attribué par Poutine aux islamistes, ce qui a permis à l'armée russe de bombarder de nombreux pays musulmans sans rechercher le véritable coupable. Octave a fait de la prison pour complicité dans une agression à Miami en 1999, mais n'a jamais été mis en cause pour la catastrophe de la cathédrale russe en 2005. De toute façon, Octave est un terroriste bien trop lâche pour revendiquer ses forfaits.

Les films tirés de ses aventures en ont fait une sorte de symbole de la pourriture cynique du siècle précédent. Même Lomepal l'a cité dans un de ses raps, « Palpal » (9 millions de vues sur YouTube) :

« Me sors pas les mêmes conneries que tes parents gobent
T'es défoncé, tu repars en gov'
Mélange de pilules et de whisky, miskine
Tu vas finir comme Octave Parango. »

C'est sans doute pour sa mauvaise réputation que Françoise Bachelot, la patronne de France Publique, lui a demandé le 4 septembre 2014 de tenir la rubrique « Carte blanche » à la fin de la Matinale. Cette rubrique n'a pas duré longtemps, où l'on offrait à des artistes trois minutes, tous les jeudis matin, pour s'exprimer librement à l'antenne. Inutile de préciser que le résultat variait du génial au pitoyable. Catalogué « anar de droite » depuis qu'il signait dans *Le Figaro*, Octave eut l'idée d'écrire un éloge de *Merci pour ce moment* de Valérie Trierweiler, ouvrage d'autofiction publié par la compagne trompée du président de la République, qui paraissait ce matin-là en librairie. L'invité de la Matinale était Henri Guaino, plume politique au style flamboyant, devenu apôtre de la Nation en rédigeant les discours de Nicolas Sarkozy. Voici le texte intégral de l'analyse littéraire de *Merci pour ce moment* ; nous le reproduisons ici parce qu'il justifie étrangement le projet du livre que vous tenez entre les mains. On peut même le considérer comme un avertissement qui devrait absoudre ce roman de tout soupçon de trahison. Jamais futur employeur ne fut prévenu aussi franchement de ce qui l'attendait.

4 septembre 2014.

La littérature autobiographique est une longue tradition française, qui remonte aux *Essais* de Montaigne, lequel écrit à la fin du XVIe siècle : « Je suis moi-même la matière de mon livre. » *Merci pour ce moment* de Valérie Trierweiler s'inscrit dans cette prestigieuse histoire nationale. Il peut être considéré comme une confession, suivant le célèbre projet que se fixe Jean-Jacques Rousseau en 1767 : « Je veux montrer à mes semblables un homme dans toute la vérité de la nature ; et cet homme, ce sera moi. » En l'occurrence, Mme Trierweiler détourne légèrement le projet rousseauiste, puisqu'elle choisit de montrer un homme dans la vérité de sa nature, certes, mais que cet homme n'est pas elle. Je rappelle au passage que la publication des *Confessions* de Rousseau était posthume. Écrire sa confession et la publier de son vivant est une pratique plus récente, et plus féminine : elle remonte à George Sand, qui publia *Histoire de ma vie* en 1855, où elle racontait notamment ses amours passionnelles avec Alfred de Musset et Frédéric Chopin. Au XXe siècle, de nombreuses femmes lui ont emboîté le pas : Colette la première, puis Simone de Beauvoir, Nathalie Sarraute et Marguerite Duras, par exemple. Vers la fin du XXe siècle et le début du XXIe, le rythme s'est emballé. Un mouvement littéraire, baptisé « autofiction », étendit l'autobiographie au grand public grâce à Annie Ernaux, Christine Angot et Camille Laurens, entre autres. Il a permis à de nombreuses plumes d'aiguiser leur style au tranchant de l'impudeur. Il s'agit de transcender par l'écriture la souffrance d'aimer, d'exister, d'être quitté ou de quitter. La confession peut aussi servir d'exutoire à des traumatismes plus graves : viols, incestes, lectures de Virginia Woolf. Flaubert disait : « Madame Bovary, c'est moi » ; l'autofiction, c'est quand Madame Bovary devient l'auteur de *Madame Bovary*. Vous me suivez, Henri Guaino ? C'est de l'histoire, je vous fais un cours de littérature française !

L'exhibitionnisme littéraire est à la fois une thérapie et une violence. Dans *Merci pour ce moment*, la scène du suicide aux antidépresseurs dans la salle de bains résume la démarche du livre puisque le suicide de Mme Trierweiler a lieu dans la même salle de bains où Claude Sérillon a poursuivi le couple présidentiel quelques semaines auparavant. Ce n'est pas l'adultère qui tue, c'est le pouvoir. Ce qui est dénoncé dans ce livre n'est pas François Hollande, mais la vie invivable des hommes politiques dans la démocratie médiatique. Et là je sais qu'Henri Guaino est d'accord.

Merci pour ce moment de Valérie Trierweiler est une autofiction, mais c'est aussi, et c'est elle qui l'écrit, un reportage. Ce livre relève du nouveau journalisme, subjectif, à la première personne du singulier, cher à Tom Wolfe ou Hunter S. Thompson.

En tombant amoureuse d'un homme politique bientôt élu à la présidence de la République, la gonzojournaliste suit la démarche de l'auteur de *Las Vegas parano* quand il enquête sur la drogue en s'en foutant des kilogrammes dans le pif. *Merci pour ce moment* peut donc être qualifié d'auto-gonzo-fiction. Une confession aussi dévastatrice qu'autodestructrice : certaines pages rappellent Hervé Guibert ou votre serviteur. En réalité, le seul livre comparable d'autogonzofiction dans toute l'histoire de la littérature française est paru en février 2013 : il s'agit bien sûr de *Belle et Bête* de Marcela Iacub, roman aussi dangereux que novateur sur sa relation avec Dominique Strauss-Kahn, comparé à un cochon. Il s'agit pour l'écrivain non pas de se venger d'une déconvenue sentimentale, mais de faire de sa vie privée une œuvre d'art, ce qui est la définition du dandysme. La grande nouveauté du XXIe siècle, ce n'est pas Twitter, ni Facebook, c'est que les dandies sont désormais des femmes.

20 heures

« Et le printemps m'a apporté l'affreux rire de l'idiot. »

Arthur Rimbaud,
Une saison en enfer, 1873.

1.

Après le direct, Françoise avait littéralement bondi sur Octave pour lui proposer de revenir régulièrement. « Vous êtes ici chez vous ! » lui avait-elle lancé devant Philippe Colas, l'animateur, qui s'en alla bientôt sur une radio concurrente. France Publique semblait un lieu libre, ouvert, hospitalier, c'était la plus prestigieuse antenne radiophonique appartenant à l'État français, et cependant ses employés ne pensaient qu'à en décamper. Octave eut envie de savoir pourquoi ; il accepta l'offre d'emploi et comprit vite. La chronique était payée 250 euros, soit la moitié d'un flacon de « Fucking Fabulous ». En sortant de l'émission, la patronne lui proposa de l'inviter à déjeuner au Café de l'Alma. Devant un ceviche de daurade et une San Pellegrino, elle lui dit :

— La Matinale a besoin d'un mec comme vous, cynique de droite mais compatible avec notre troupeau de bobos. Soyez dadaïste, dites ce qui vous passe par la tête, évitez le militantisme où sombrent les autres, vous avez du mauvais esprit, c'est ça qui nous manque, votre snobisme décalé, votre dandysme littéraire, alors lâchez-vous, faites-vous plaisir et bienvenue chez les fous !

Octave l'avait trouvée exquise, bien plus souriante que les directeurs de programmes paranoïaques qu'il avait connus dans la télévision privée. Sa haute chevelure bouclée prouvait qu'elle se contrefichait de la mode des cheveux lisses à la Brigitte Macron. Françoise Bachelot l'envoyait au casse-pipe, mais Octave était trop heureux de retrouver une visibilité massive dans son pays natal. Son ego de pervers narcissique avait besoin de ce petit shoot de notoriété facile. « La Patronne » n'était pas P.-D.G. de France Radio, seulement directrice des programmes de Publique. Personne ne voyait jamais le P.-D.G. : généralement, les P.-D.G. de la Maison Rouge refont la décoration de leur bureau, puis ils sont nommés ailleurs trois ans après par le CSA. À l'époque, le P.-D.G. invisible était un brun ténébreux d'une beauté exceptionnelle. Octave qui, comme tous les écrivains hétéros, était un homosexuel refoulé, regrettait qu'il descende si rarement de son bureau aux boiseries neuves. Le bruit courait qu'il couchait avec le jeune président de la République. Si la rumeur était vraie, cela signifiait seulement que le chef de l'État avait bon goût. Octave n'en revenait pas de la virilité douce du P.-D.G., de son corps glabre, svelte et musclé à la fois, et de son visage parfaitement symétrique, viril et attrayant. Entre une femme quelconque et ce sosie de Pierce Brosnan, Octave n'aurait pas longtemps hésité avant de tourner casaque.

Avec l'assentiment de ce président discret, Françoise Bachelot avait donc transformé France Publique en machine à vannes depuis 2014. C'est sous son impulsion que la première radio publique française s'est mise à héberger des farceurs dans la Matinale mais aussi à l'heure du déjeuner et du goûter. Le but officiel était de « rajeunir et féminiser les incarnants, tout en capitalisant sur l'impertinence emblématique de ce média ». L'avantage de multiplier les humoristes, c'était de ne plus retrouver la situation de monopole dont avaient abusé certains chroniqueurs sous Nicolas Sarkozy : la radio avait eu le plus grand mal à s'en débarrasser, et ils avaient joué les martyrs à leur départ. La Patronne avait donc recruté une dizaine de voix éclectiques parmi les auteurs comiques disponibles sur le marché. Leur ton « pop et décalé » avait en quelques mois conféré à la première radio de service public française le même esprit de liberté que la première chaîne à péage dans les années 1980. Octave avait sévi autrefois sur TF+... Son embauche sur France Publique avait quelque chose d'inévitable.

2.

La remontée spectaculaire des audiences de France Publique à partir de 2014 s'explique par l'arrivée en masse des clowns à chaque carrefour de la grille : matin, midi, après-midi. La rigolade compensait le sérieux des infos. C'est cette grande mêlée de culture et de déconne qui fit autrefois le succès de « l'esprit TF+ ». La recette était en tout point identique. Il fallait que le ton soit constamment décalé et ironique pour dépoussiérer l'antenne. La retransmission vidéo fut installée en 2014 aussi par l'Adonis président. Cette année-là, la radio ne s'est pas contentée de plagier la télé : elle en est devenue une. Quand vous zappiez sur la bande FM, France Publique – la radio la plus prestigieuse de l'État français – se reconnaissait désormais à ses gloussements incessants. En comparaison, Rire et Chansons évoquait Radio Notre-Dame. Même les animateurs les plus sérieux, les reporters les plus intègres, les chroniqueurs les plus pontifiants devaient se montrer beaux joueurs et accepter la pantalonnade permanente, encaisser les potacheries, voire participer aux gags et aux parodies les plus burlesques. La grille de France Publique post-2014 a consisté à transformer la radio leader du service public audiovisuel en un « comedy club » géant où tout le pouvoir était accordé aux bouffons. En quelques années, les audiences ont grimpé en flèche mais quelque chose a disparu, un élément indéfinissable, fragile... La paix ? L'élégance ? La sincérité ? Allons, voyons, ne soyez pas pisse-froid. Vous savez bien que les radios n'ont pas d'âme. Fuck les rabat-joie, rions nombreux, marrons-nous ensemble dans les médias festifs, cessez de jouer les grincheux, Octave, reprenez un peu de cette poudre de perlimpinpin, mouahahahahahaha.

Octave avait vite compris qu'il existait une hiérarchie des rigolos sur France Publique. Pedro Mika – l'humoriste le plus corrosif de la journée – confessa un jour à Octave que jamais il n'aurait accepté de bosser à la Matinale. Trop casse-gueule de blaguer devant des politiciens, entre deux mauvaises nouvelles. À France Publique, il y a donc des plaisantins de 7 h 55, des comiques de 8 h 55, des amuseurs de 11 h 15, des impertinents de midi, des boute-en-train de 17 h, des bouffons de 17 h 30... Ceux du matin sont les Ducs, ceux de midi les Marquis, ceux du goûter les Sans-Culottes. Le panel des humoristes à France Publique est vaste : deux Belges, une Suissesse, une Française d'origine marocaine, une prof marseillaise, un Deschiens, un marxiste qui piège dans la rue tous ceux qui ne pensent pas comme lui, le fondateur d'un site de fausses infos parodiques, un guitariste du métro, un psychopathe sexuel, un toxicomane notoire (ces deux dernières personnes n'en faisant qu'une). Plus on avance dans la journée, plus les humoristes sont de gauche.

Le matin, ils sont plutôt sociaux-démocrates à tendance fatiguée : ils cultivent l'humour détaché, la dénonciation molle, les leçons d'antiracisme, la revendication démagogique ou la poésie progressiste. La direction a souhaité créer un tour de table en fin d'émission pour que l'ambiance sonore soit conviviale. Des études marketing ont montré que les rires des participants aux blagues des humoristes donnaient aux auditeurs l'impression qu'ils étaient drôles. Le but de la dernière demi-heure du 7/9 est d'alléger la sauce et de rendre digeste la partie sérieuse. La chronique humoristique finale est l'équivalent d'un digestif de fin de banquet entre collègues de bureau.

À midi ils jouent sur l'absurde, les imitations, les parodies, l'esprit potache, la provocation gentille, sans risque, parce qu'il ne faut pas trop choquer à l'heure de la mastication. L'objectif est de faire glousser l'animateur sans susciter une levée de boucliers féministes ou une plainte de la Licra.

À cinq heures, le propos se corse : l'humour devient carrément engagé, anticapitaliste, écolo-radical, voire black bloc. Les talents sont inégaux mais Octave enviait chez certains chroniqueurs une capacité étonnante à fabriquer de la blague au kilomètre, notamment Thierry Pastilla, dont l'agilité d'esprit l'impressionnait. Le véritable changement est arrivé avec la nomination des deux Belges à la tête de l'impertinence obligatoire quotidienne. Au début, leurs chroniques dans le 7/9 avaient apporté un vent de fraîcheur charmant. Très vite, on leur avait confié un talk-show qui défendait tous les jours les idées mélenchonistes. Après quatre ans de stakhanovisme de l'insoumission, ils étaient devenus aussi inaudibles que le « Bébête Show » de Stéphane Collaro. Octave comprenait enfin le sens du proverbe : « Les plaisanteries les plus courtes sont les meilleures. » Leur autosatisfaction stridente, leur difficulté à fournir chaque jour à 7 h 56 et 17 h 04 des plaisanteries sur tout ce qui se passait dans le monde les avaient métamorphosés en disciples de Jean Roucas. Ils croyaient faire honnêtement leur travail, s'abritant sous le parapluie de la dérision. Ils contestaient le libéralisme mais se comportaient comme les pires cyniques, vendant leur doxa vague et floue de pseudo-écologistes-pas-dupes-mais-de-toute-façon-nous-les-blagueurs-ne-savons-pas-ce-que-nous-voulons-nous-sommes-simplement-rémunérés-pour-ridiculiser-toute-proposition-alternative-à-la-social-démocratie-suédoise.

— Salut c'est quoi ton job ?

— Humoriste sur France Publique.

— Waow ! Génial ! T'as de la chance ! Et donc tu penses quoi de l'avenir de la France ?

— Ah mais ça c'est pas mon boulot, je suis belge ! Moi mon boulot c'est de recycler les vannes de Yann Barthès de la veille !

— Mais tu votes pour qui, toi ?

— Ah non mais moi je suis contre la politique, je suis un marginal, je vote blanc, je suis pour la reconnaissance du vote blanc.

Petite parenthèse sur cette histoire de vote blanc. Des dizaines de candidats proposent des idées pour un pays et il y a des gens qui choisissent de voter blanc pour leur dire : « Vous êtes tous nuls. » Très bien, pourquoi pas ? Mais à présent, ils exigent qu'on comptabilise leur non-engagement. Les fonctionnaires anarchistes revendiquent que l'on compte en pourcentage leur refus de revendiquer. Le vote blanc, c'est Ponce Pilate qui se lave les mains pendant qu'on cloue Jésus sur sa croix. Reconnaître l'importance du vote blanc, ce serait comme saluer l'apport crucial de Ponce Pilate au débat sur la crucifixion.

3.

Octave était assez frappé de voir à quel point les humoristes étaient tous d'accord entre eux. À coup sûr, ils auraient tous été maoïstes en 1970. Ils s'habillaient tous pareil : jean gris, tee-shirt noir, Stan Smith aux pieds, et bonnet de laine sur la tête en toute saison. Il ne fallait surtout pas s'aviser de les contredire ou de leur appliquer le traitement qu'ils infligeaient aux autres. Octave était surpris par la susceptibilité des corrosifs. Ces amuseurs qui passent leur vie à se moquer d'autrui enragent si on les prend pour cible. L'humoriste de France Publique exige de ses victimes un cuir épais mais il a la peau tendre. « Ce n'est que de l'humour, enfin voyons ! » Ne vous avisez pas de les tourner en ridicule : le vrai pouvoir ne supporte pas la critique. Une matinée avait particulièrement frappé Octave : Charlotte Vandermeer avait évoqué devant un ministre crispé son procès pour viol… ayant abouti à un non-lieu. Cet homme que la justice venait d'innocenter osa répondre au blagueur/

procureur : « Tout est possible puisque vous pouvez être comiques, manifestement… » provoquant immédiatement l'ire de William, le sigisbée de la Belge : « Waaahaa, le clash !! »

Une violence sans possibilité de répondre, cela s'appelle comment ? Un fascisme. Il n'y a rien de comique à accabler publiquement un être humain en rappelant à trois millions de personnes ce qu'il voudrait faire oublier. Et qu'on ne me parle pas d'insolence. « Ôte-toi de mon soleil », la boutade de Diogène à Alexandre le Grand : voilà l'insolence absolue. « Tu seras éternellement un violeur malgré ton non-lieu » n'est pas une courageuse blague mais une ignominie. Toute protestation de la victime produit l'effet Barbra Streisand à perpétuité. Rappelons la jurisprudence : la chanteuse américaine avait attaqué un journal ayant publié une photo de sa maison. En portant plainte, elle révéla son adresse au grand public. Les humoristes remercient tous les jours l'interprète de « The Way We Were » de leur avoir accordé un pouvoir de calomnie illimité : répondre à la presse, c'est apprendre aux masses ce qu'on voudrait leur cacher.

Octave se souvient de sa honte quand, pour être bien vu, il a blagué sur Emmanuel Macron, « ses Berluti et son costume à 10 000 euros ». Richard Ferrand, secrétaire général du parti présidentiel, après avoir écouté sa diatribe, sourire figé – bien obligé, pas le choix –, le prit à part calmement dans le couloir après le direct pour rectifier, avec un sourire poliment dégoûté : « Vous savez, Octave, les costumes d'Emmanuel sont de chez Jonas & Cie, ils coûtent 300 euros. » Octave n'a jamais corrigé son erreur, ni accordé de droit de réponse. L'injustice des humoristes est définitive. M. Ferrand savait que cette calomnie n'était pas assez grave pour mériter un rectificatif, mais il voulait lui signaler qu'il diffusait une fausse information. L'humour est une dictature parce qu'il n'autorise jamais de droit de réponse. C'est son apparente légèreté qui le rend si implacable. Si tu te plains, tu passes pour quelqu'un de chiant, lourd et susceptible. L'humour est une fake news avec un éclat de rire derrière et Octave était complice de ce système. Sur trois millions d'auditeurs, combien y en a-t-il qui pensent encore que Macron porte des costumes à 10 000 euros ? L'air accablé de M. Ferrand face à sa petite tête de prince de l'impertinence forcée : Octave devra vivre avec cette saloperie. On ne débat pas avec un humoriste. Autre souvenir : Rachida Dati, qui préféra se lever et quitter le studio plutôt que d'entendre Charlotte parler de ses absences au Parlement européen. La vanne de Charlotte était légitime, mais le départ de Dati compréhensible. Cette impossibilité de se défendre sous peine d'être un rabat-joie scrogneugneu est la clé de cette néo-dictature. Depuis l'attentat de *Charlie Hebdo*, en France les caricaturistes sont sanctifiés, ils ont tous les droits car leur profession est en deuil. « Ah mais nous ne sommes que des plaisantins ! » Octave ne supporte plus cette excuse. « Vous n'avez pas d'humour ! Ce n'est que de l'humour ! » C'est comme si, après l'immunité parlementaire, on avait créé *l'immunité humoristique*. L'humoriste peut insulter, dégrader, humilier qui il veut du moment que sa méchanceté est suivie par la phrase : « Non mais je déconnais ! » Il faut affronter la blague meurtrière sans gilet pare-balles. Quand Carlos Ghosn a été arrêté et jeté en prison au Japon, les humoristes de France Publique se sont régalés sans attendre de savoir s'il était jugé coupable ou innocent. Ce fut encore pire quand Patrick Balkany fut condamné et incarcéré à la Santé : jamais on n'a entendu autant de libres penseurs faire l'éloge du système pénitentiaire. Françoise Sagan détestait sa marionnette aux Guignols de TF+, où ils la présentaient comme une cocaïnomane inintelligible. Laura Smet se faisait harceler à l'école à cause de la marionnette débile de son père. « Mais c'est pour rigoler voyons ! » Le pouvoir du Lol est la seule calomnie sans appel. Il permet d'être constamment dégradant, en toute impunité et avec beaucoup de popularité. L'humour des insolents chroniqueurs de France Publique consiste à saper les fondements de la démocratie en se faisant passer pour son dernier rempart.

Les deux Belges de France Publique ont des auteurs qui leur fournissent des vannes, d'autres s'inspirent des monologues de Jimmy Kimmel, Jimmy Fallon, James Corden, Trevor Noah ou Stephen Colbert en priant pour que CopyComic ne les dénonce pas. L'humour est devenu un travail de professionnel dont les vidéos dévastatrices circulent à la vitesse de l'éclair sur les réseaux sociaux. Ces fonctionnaires du rire attaquent toujours les mêmes cibles sans danger. Nicolas Dupont-Aignan pèse 3 % des voix mais sert de punching-ball à 70 % des blagues. Les attaques sur le physique sont fréquentes : les grandes oreilles de François Bayrou, l'âge canonique de Gérard Colomb, le taux de cholestérol de Gérard Larcher, le zozotement du président.

Octave n'aime pas ce rire discipliné ; il ne parvient pas à s'esclaffer à heure fixe. Il imagine la vie terrible de Charlotte. Tous les jours de l'année, la Guide Scoute du Rire était obligée de chercher des gags sur les infos du jour. Tout ce qui arrivait de dramatique, d'important, de douloureux, tout discours sincère, toute tragédie devait être tourné en dérision : cette alchimiste devait métamorphoser le plomb en « fun ». Dans une émission consacrée aux comiques professionnels de France Publique, en 2017, elle lâcha une énormité sans s'en rendre compte : « L'humour de droite, est-ce que cela existe ? » Les amuseurs au pouvoir n'avaient pas le moindre doute sur leur rire, toujours engagé du bon côté.

L'humour de droite existe, contrairement à ce qu'affirme Charlotte Vandermeer. C'est Luchini se moquant des bobos de l'île de Ré. C'est Gaspard Proust définissant ainsi le nazisme : « Un meeting de Ségolène Royal mais avec des idées. » C'est Houellebecq imaginant une épouse qui le trompe avec des chiens. C'est un rire sans lendemain. C'est la courtoisie du pessimisme et la dérision du progrès. L'humour, le vrai, n'améliore pas le monde, il le rend brièvement supportable, le temps d'un hoquet. Desproges n'essayait jamais de plaire, ni de sauver la France.

Dans la démocratie de divertissement, un président de la République est moins important qu'un bouffon car il doit supporter la caricature quotidienne, alors que le bouffon est incritiquable ; celui-ci est donc un tyran. Vous verrez. À la parution de ce livre, Octave sera massacré pour crime de lèse-hilarité. Le premier, à ma connaissance, à avoir défini ce totalitarisme de la gaudriole est l'écrivain Michka Assayas. Dans son essai *Contre-feu* paru en 1991, Assayas exprime une idée nouvelle à propos des marionnettes de TF+ : nous vivrions sous la férule de l'humour obligatoire, un discours sans contrepartie possible. Or un pouvoir sans opposition n'est pas démocratique. L'ironie imposée nous fait basculer dans un système politique inédit. On dirait du Musset mais c'est Michka Assayas qui, le premier de sa génération, a effectué ce constat désabusé : « J'avais l'impression de vivre un âge faux et sans valeur. » Alain Finkielkraut lui a emboîté le pas, plus récemment, dans une diatribe fameuse sur les humoristes du service public : « Je trouve irrespirable le climat de dérision dans lequel nous baignons. » Mais le plus ancien critique de la farce permanente, c'est Étienne de La Boétie. Dans son *Discours de la servitude volontaire* (1576), le copain de Montaigne dénonce la bouffonnerie comme instrument de la soumission du peuple. Plus on distrait la populace de sa servitude, plus on l'écrase aisément. On contrôle mieux un pays en tranformant ses citoyens en enfants assistant à un spectacle de marionnettes. Le rire de service public serait-il un moyen de perpétuer la domination étatique ? Dans *Se distraire à en mourir* en 1985, le théoricien de la communication de la New York University, Neil Postman, ne dit rien d'autre. « Nul besoin de tyran, ni de grilles, ni de ministre de la Vérité. Quand une population devient folle de fadaises, quand la vie culturelle prend la forme d'une ronde perpétuelle de divertissements, quand les conversations publiques sérieuses deviennent des sortes de babillages, quand, en bref, un peuple devient un auditoire et les affaires publiques un vaudeville, la nation court un grand risque : la mort de la culture la menace. »

4.

Octave remarque que, depuis le début du mouvement des gilets fluos, les fonctionnaires de l'impertinence ne savent pas comment l'aborder. Ils semblent stupéfaits, effrayés pour leur CDD, et demeurent muets face à cet engagement véritable, infiniment plus courageux que le leur. Ce mouvement venu d'en bas vient en un week-end de disqualifier tous les billets d'humeur révoltés. Au fond, les humoristes de France Publique sont tous des bourgeois qui s'encanaillent, Octave inclus.

Les hommes politiques se bousculent pour passer chez Cyril Hanouna sans comprendre que bientôt, Cyril Hanouna prendra leur place. Le bouffon du roi, c'est sain ; le bouffon qui devient le roi, c'est un nouveau système : le comico-populisme. Coluche l'avait senti lorsqu'il présenta sa candidature à l'élection présidentielle de 1981. Il se définissait – en une de *Charlie Hebdo*, déjà ! – comme anarchiste, libertaire, anti-élite : « Tous ensemble pour leur foutre au cul avec Coluche, le seul candidat qui n'a pas de raison de mentir. » Un sondage de décembre 1980 lui accordait 16 % des intentions de vote, un mois plus tard c'était 38 %. Deleuze, Guattari et Bourdieu le soutenaient. À la demande de Jacques Attali, il retira sa candidature pour éviter de faire réélire Giscard d'Estaing. Ensuite les comico-populistes ont pris le pouvoir un peu partout dans le monde.

Le premier fut le clown Tiririca, élu député au Brésil le 3 octobre 2010.

En 2011, l'humoriste Beppe Grillo avait déposé un sac de moules devant le palais Montecitorio à Rome, pour dénoncer les députés qui s'accrochaient à leur siège. Deux ans après, cent soixante parlementaires de son mouvement y entraient. Rigolade et réseaux sociaux avaient fait le boulot. Beppe Grillo avait joué avec Coluche dans *Le Fou de guerre* de Dino Risi. L'acteur se hissa au pouvoir en Italie avec comme unique mot d'ordre : « Vaffanculo ».

Jimmy Morales, un humoriste de télévision, fut élu président du Guatemala en 2015.

Donald Trump, animateur d'une émission de téléréalité, accéda à la Maison Blanche en 2016.

Marjan Sarec, comique audiovisuel, devint Premier ministre de Slovénie en 2018.

Volodymyr Zelensky, acteur principal d'un feuilleton télé intitulé *Serviteur du peuple*, qui accordait ses entretiens télévisés en jouant au ping-pong et ne s'exprimait qu'en vidéos sur Instagram, fut élu président de l'Ukraine l'année suivante.

Enfin Boris Johnson, dit « le clown BoJo », déconneur médiatique élu maire de Londres en 2008, devint Premier ministre britannique en 2019.

La démocratie du pouêt-pouêt est née parce que la démocratie s'ennuie. La chance du populisme est son sarcasme (le mot descend du grec ancien « sarkazo » : « je mords »). Ridiculiser son adversaire est plus facile quand on est démagogue qu'humaniste. Le rire sardonique prépare l'élection des clowns maléfiques avec l'appui des réseaux sociaux. Le succès électoral du comique populiste repose sur l'idée – parfaitement juste – qu'il ne pourra pas faire pire que les sinistres emmerdeurs qui étaient là avant.

L'infotainment constitue une menace pour la démocratie. Il faut distinguer le sérieux de la moquerie. Cette confusion porte au pouvoir d'anciens déconneurs tournés démagogues. Invité sur TF+ en 2016, le comédien Édouard Baer avait contesté ce mélange des genres. « La vie c'est une séparation des choses. Tout n'est pas imbriqué dans la vie. On ne peut pas tout traiter de la même façon. Je trouve que les hommes politiques doivent nous aider avec moins de communicants. Et de notre côté : mettre un peu moins de dérision. Je trouve qu'il ne faut pas recevoir les politiques avec autant de dérision. »

Avant Coluche, Pierre Dac avait annoncé sa candidature à la présidence de la République française le 9 février 1965. Il était le chef du Parti d'en rire et du MOU (Mouvement Ondulatoire Unifié) dont le slogan était : « Les temps sont durs, vive le MOU ! » Charles de Gaulle avait prié cet ancien résistant de retirer sa candidature, ce qu'il fit en septembre. À chaque fois qu'un comique se présente aux élections, les médias le soutiennent parce que les candidats rigolos obtiennent de bons scores d'audience. En réalité, le vrai tournant ne fut pas la candidature de Coluche, mais l'élection de l'acteur Ronald Reagan à la présidence des États-Unis en 1980, puis celle d'Arnold Schwarzenegger au poste de gouverneur de Californie en 2003.

Ce qui manque aux humoristes professionnels, c'est la pitié. Leur verve est sans miséricorde. Dès que quelqu'un a un défaut, dès qu'un individu est maladroit, dès qu'un homme commet une erreur, ils s'engouffrent et ils le finissent à la pisse. Or l'absence d'empathie est la définition du psychopathe. Les puissants satiristes ne sont satisfaits que quand la personne est détruite entièrement ; ils gloussent alors entre eux, devant son cadavre, comme des hyènes. Octave n'avait plus envie de faire partie de ces charognards.

Chuck Palahniuk, l'auteur de *Fight Club*, a écrit que la plupart des rires qu'on entend à la télé durant les comédies américaines ont été enregistrés dans les années 1950 et que, par conséquent, presque tous les spectateurs qu'on entend s'esclaffer sont morts.

Que les choses soient bien claires : le but de ce livre n'est pas que l'adjectif « drôle » soit bientôt synonyme de « nazi ». Mais uniquement de soulager nos muscles zygomatiques. Nous ne devrions pas les solliciter jour et nuit à longueur d'année ; nous en avons aussi besoin pour serrer les dents.

21 heures

« Le vieux monde se meurt, le nouveau monde tarde à apparaître et dans ce clair-obscur surgissent les monstres. »

Antonio Gramsci,
Cahiers de prison, 1929-1935.

1.

C'était une radio aux murs rouges et aux couloirs circulaires : son architecture étrange vous ramenait toujours, après des déambulations labyrinthiques, à votre point de départ. Dans les années 1990, mon boulot consistait à faire rire pour vendre des pots de yaourt Madone. Dans les années 2000, je devais faire sourire les mannequins sur les photos des produits de beauté L'Idéal. Et dans les années 2010, j'étais chargé de faire glousser les auditeurs du service public coincés dans les embouteillages sur le boulevard périphérique, lui aussi enroulé sur lui-même. Après avoir donné aux consommateurs l'envie d'acheter des choses dont ils n'avaient pas besoin, puis fait désirer aux hétéros des femmes qui n'existaient pas, je devais à présent provoquer l'hilarité des automobilistes pour leur faire oublier la désintégration du modèle social français. Finalement, tous mes métiers auraient pu avoir le même nom : illusionniste. J'ai consacré ma vie à communiquer, c'est-à-dire mentir. Les gens qui travaillent dans la communication ne fabriquent rien, ne créent nulle œuvre, ne changent pas le monde, mais l'enjolivent, le rendent acceptable, le font digérer. Cette stérilité nous ronge et finit par faire de nous de pauvres loques, des zombies titubant au bord de piscines anthracite, montant et descendant d'Uber aux vitres opaques, coupables de n'avoir rien fait pour la planète, à part trier les déchets, avant d'en devenir un. Les gens de la com' désobéissent à la parabole des talents : les publicitaires, les model scouts, les chroniqueurs humoristiques sont des collabos de l'Empire du Rien, ils entendent sans cesse la voix de Dieu qui leur demande : « Qu'as-tu fait de ton talent ? » Et quand on n'a rien fait de son talent, Dieu énonce sa sentence : « Quant à ce serviteur bon à rien, jetez-le dans les ténèbres extérieures, là il y aura des pleurs et des grincements de dents » (Évangile selon Matthieu, chapitre 25). Voilà l'activité principale des impuissants qui ne produisent que des campagnes mensongères et des distractions ineptes : nous grinçons des dents à longueur de vie, jusqu'à ce que notre visage ne soit plus qu'un trou béant, une cicatrice hideuse de malheur et de gâchis.

2.

J'adore espionner cette équipe qui fait l'information française. C'est dans notre Matinale que Nicolas Hulot a démissionné en direct. C'est ici qu'une ministre de la Culture a bredouillé « Il faudra réfléchir » après chaque question, et perdu tout crédit en un quart d'heure. C'est ici que les puissants, les artistes qui comptent, les opposants et les gouvernants viennent se faire chahuter tous les matins… ou pas.

J'aime ces journalistes blasés, ces femmes pressées, ces hommes épuisés qui se réunissent dans le couloir rouge du cinquième étage pour échanger des ragots sur les autres membres de leur caste. Ces gens savent ce que vous ignorez. Ils ont accès au Graal supérieur, ils tutoient les importants, ils flottent au-dessus du commun des mortels. Françoise Bachelot descend de son Olympe quand le Premier ministre ou le président de la République sont assis à notre table aux micros tordus comme des robinets. On ne la voit que ces matins-là. Mais au-dessus du Premier ministre, au-dessus du président de la République, il y a… l'Animateur. Il ne sourit pas : il n'a pas le temps. Il sait tout, ou fait comme s'il savait. Il a toujours une façon géniale de ne pas écouter les autres, comme s'il avait un truc mieux à faire, tout en reprenant mot à mot leurs idées glanées dans le couloir, cinq minutes après, lorsqu'il est à l'antenne. J'essaie de l'imiter mais il faut des années de pratique pour parvenir à un tel niveau d'esbroufe.

Comme il est merveilleux de diriger l'opinion d'un pays indirigeable ! La newsroom, ce sont des enquêteurs blasés qui brisent des vies au téléphone. « JE M'EN FOUS, ON SORT L'INFO DANS TROIS MINUTES, AVEC OU SANS VOTRE PIED ! » (Un « pied », c'est une réaction recueillie par téléphone.) Ils ne fument plus au bureau, sinon on se croirait vraiment dans *His Girl Friday* de Howard Hawks. Il y a toujours un gars prénommé Jean-Michel qui ouvre une porte vitrée et gueule à trente secondes du direct : « On diffuse ! » à une ingénieure du son qui grimace en pivotant dans un fauteuil à roulettes. À la Matinale, la vie est une série télévisée en vrai. J'aime tellement être un cliché. Je me souviens de Fabrice Getty, le frère aîné du célèbre disc-jockey, un honnête spécialiste de politique internationale, absolument désespéré par la déliquescence du monde. Le Finkielkraut de la géopolitique ! Ensemble, on parlait de Trump, du Brexit, de l'emprise de Facebook et du terrorisme en discothèque. Il buvait autant que moi. Il a fini par démissionner, pour se présenter aux élections européennes. Instantanément, il est devenu une tête de Turc des humoristes maison. Les trois dernières années, il ne cessait de répéter que la catastrophe approchait. Un démocrate ne pouvait pas dialoguer avec des démagogues. On aurait dû entendre ses avertissements. Le débat n'est pas possible entre un camp de progressistes subtils et un camp de démagogie bruyante. Lentement mais sûrement, le totalitarisme humoristique laminera les droits de l'homme et les libertés publiques. Ceux qui font l'actualité finiront par passer aux actualités… leur tête au bout d'une pique.

Je sais bien que j'aurais dû mourir dans les années 2010, d'un accident de paille à Moscou. Je veux dire : un soir, mon copain Oleg m'aurait tapé sur la tête pendant que je sniffais avec sa paille en argent de vingt centimètres, et l'objet serait remonté jusqu'à mon cerveau par la narine. C'est comme ça que ma vie aurait dû se terminer, il y a dix ans. Je n'aurais jamais dû vieillir, je n'étais pas du tout préparé à une chose aussi sale. Vous m'imaginez à la retraite ? À la campagne ? Octave au bistrot du village ? Octave au toboggan le dimanche avec ses enfants ? Fucking hell, ça ne pouvait pas se terminer ainsi.

3.

Chacun de mes regards est un appel au secours, chaque femme que je croise une possibilité. Je suis le dernier représentant d'une espèce disparue : le dragueur minable. Tous mes vêtements doivent impérativement être d'une infinie douceur pour attirer la caresse. Je suis marrant comme personnage de roman mais super pénible dans la vie. C'est bizarre comme on m'aime avant ou après, mais jamais pendant. Ayant été viré de la pub et la mode, je me suis mis à mon compte comme écrivain-pigiste-chroniqueur. Je vends mon talent, je prostitue ma plume. Je peux animer une tombola lors de l'ouverture d'un magasin, blaguer au micro dans un garage pour lancer une voiture, rédiger une préface de guide de restaurants, interviewer Karl Lagerfeld pour la conférence de presse du calendrier Pirelli : j'accepte tout ce qui me paie. Je suis moins riche qu'autrefois mais c'est à peu près le cas de tous les gens que je connais. Je suis si fauché que je ne lis plus que de revues gratuites : *Air France Magazine*, *Air France Madame*, *Aéroport de Paris*

Magazine, *Palace Costes Magazine*, *Stylist Magazine* et *Le Bonbon Magazine*. Je suis plus informé sur les nouveaux 5 étoiles parisiens que sur l'évolution de la guerre en Syrie. Mes cheveux sont longs comme ceux du Messie mais Lui n'a jamais vécu si vieux : on me compare davantage à un lévrier afghan. L'an dernier, j'ai essayé de les raccourcir mais ma fille a menacé de s'inscrire à la Ddass avant d'engager une procédure d'annulation de paternité. Je suis souvent en retard et bourré. J'oublie tout, même les prénoms des membres de ma famille. J'aime voir l'aube, quand le ciel prend une couleur de Bellini : un ciel qui mélange le champagne et le jus de pêche, voilà tout ce que je demande à la peinture vénitienne. J'ai dépassé le milieu de mon existence et je suis aussi précaire qu'un stagiaire. Je finirai ma vie comme un débutant, ou plutôt : j'aurai passé toute mon existence à démarrer. Je comprends pourquoi on me dit parfois que je suis « entamé » : entamer est ma spécialité. Je ne sais pas finir. Je suis l'homme des balbutiements. Je crois avoir écrit quelque part que « tout est provisoire : l'amour, l'art, la planète Terre, vous, moi, surtout moi ». Je fais du sport une heure par semaine mais mon corps ne se muscle pas. Je mange sans grossir, je fais du gainage sans durcir. Les années passent, le monde change, moi pas. J'ai séjourné dans des cliniques de réhabilitation et rechuté dans la toxicomanie la semaine suivante. J'ai autant de volonté qu'un sac en plastique flottant au milieu du Gulf Stream. Je me déteste tellement que je suis obligé de prendre un Viagra pour me branler. Je ne sais pas pourquoi je ne souffre pas. Quand tout va mal, je commande une vodka-Red Bull et j'aspire une clé de kétamine, il y a toujours une solution. Je crois que je suis trop sensible pour me laisser affecter par quoi que ce soit. J'ai peur de mon indifférence. À ceux qui me traitent d'arrogant, je réponds comme Giscard qu'ils n'ont pas le monopole du cœur, mais au fond de ma poitrine, je ne suis pas persuadé d'avoir un ♥ qui bat. Ma vie est un one-man-show dans un vieux cabaret qui va bientôt être transformé en magasin de coques pour smartphones. Je joue mon petit spectacle devant une assistance de plus en plus clairsemée : vous. Savez-vous comment on s'aperçoit que sa notoriété décline ? Les passants que je croise croient me connaître personnellement. Ils me demandent si je vais au réveillon de Martin… Un contrôleur de la SNCF me dit qu'il m'a déjà contrôlé alors que non… Des inconnus me donnent rendez-vous samedi prochain au club de tennis… Quand tu perds ta célébrité, les gens te prennent pour une vague connaissance. Au lieu de crier de joie en t'identifiant, ils froncent les sourcils en se grattant la tête. Ils te reconnaissent mais ne te connaissent plus.

La phrase que j'entends le plus souvent est :

— Octave, es-tu au courant que tu n'as plus quinze ans ?

Je n'essaie pas d'être drôle, j'essaie d'être jeune, c'est très différent. Sur ma tombe, on écrira : « Octave Parango, mort d'avoir refusé de vieillir. »

4.

Je devrais être habitué au déclassement : le mien a commencé bien avant ma naissance, avec la Révolution française. Mes ancêtres aristocrates furent exécutés en 1794 et jetés dans une fosse commune au cimetière de Picpus. Le dernier château, celui de mon arrière-grand-mère, vient d'être vendu à un trader. Le niveau de vie de notre famille n'a fait que décroître continuellement depuis trois siècles. D'aristocrate, je suis passé à roturier. Puis de grand bourgeois à petit bourgeois. Plus rien ne me distingue de la classe moyenne, à part le snobisme. Je suis hébergé gracieusement par un ami du Caca's Club au Travellers, car je n'avais plus les moyens d'en payer la cotisation annuelle. Devant l'hôtel particulier vide et silencieux d'une courtisane du XIXe siècle, en bas des Champs-Élysées, les émeutiers dépavent le rond-point, qui retrouve la terre boueuse du temps des fiacres et calèches. J'écris cette page dans le salon de télévision du fond, derrière la véranda aux palmiers verts, vautré dans un fauteuil en damas rouge. Le barman est rentré chez lui et je me sers au bar en griffonnant mes gin-tonics sur le petit carnet des consommations. Je me souviens des réunions du Caca's Club dans la salle de bains en marbre de la Païva, durant les insouciantes années 1980, entre deux tournois de backgammon. Nous déambulions dans les jardins élyséens comme Proust enfant… « Nous nous acheminions vers les Champs-Élysées par les rues décorées de lumière, encombrées par la foule, et où les balcons, descellés par le soleil et vaporeux, flottaient devant les maisons comme des nuages d'or. » L'erreur qu'ont faite les riches est de montrer leur richesse. Autrefois les fortunes étaient cachées mais aujourd'hui elles sont exhibées dans « Capital », en couverture de *Forbes* et sur Instagram. « Coût de la soirée au Club 55 : 62 000 euros. On ne se refuse rien chez les Tropéziens ! » Cela fait trop de mal aux pauvres de savoir comment vivent ceux qui les exploitent. Il est malpoli de se vanter de ses yachts et de ses pool parties. Les anciens riches savaient se tenir. Mon grand-père portait le même costume élimé toute l'année au bureau et ne prenait jamais sa Daimler gris argenté pour aller travailler. Cela ne se faisait pas de flamber. L'argent des établissements Parango dormait en Suisse ou dans un coffre planqué derrière une tapisserie. On était des profiteurs mais on n'en était pas fiers, et le dimanche, on s'agenouillait dans une église pour demander le pardon de ses péchés, en murmurant, sans trop y croire, que les derniers seraient les premiers.

Je suis favorable à la remise dans l'ordre alphabétique de la devise nationale écrite par Robespierre. Il faut changer l'ordre des priorités : Égalité, Fraternité, Liberté. Ce qui est suicidaire, c'est d'avoir créé une catégorie de la population qui n'a plus rien à perdre. Je sais de quoi je parle, depuis que j'en fais partie.

À travers les hautes fenêtres du salon Napoléon III, derrière la terrasse aux orchidées blanches et les moulures en forme d'acanthes, je distingue la fumée des lacrymogènes qui passe comme une brume vespérale sur les CRS protégeant Zara et le Disney Store. L'ancien Gaumont Ambassade, transformé en boutique Weston, est recouvert d'une palissade en bois comme le fort des cow-boys attaqués par les Indiens dans un western des années 1950. C'est là que Jean Seberg vendait le *Herald Tribune* à la criée, en noir et blanc et sans soutien-gorge. J'entends la foule crier « hoouhaa » en empruntant les cris de guerre maoris du « haka » de l'équipe de rugby néo-zélandaise ainsi que leurs uniformes noirs. Les cagoules et les lunettes de natation confèrent aux manifestants un look « Les djihadistes font du ski ». Le parquet vibre et craque avec chaque explosion de grenade ou de pétard. Il serait peut-être temps de sortir du confort pour entrer dans l'Histoire.

À l'extérieur, j'avise une manifestante assise par terre, qui se frotte les yeux en gémissant. En tant que porteur de lentilles de contact, j'ai toujours du sérum physiologique sur moi. Je verse quelques gouttes dans ses yeux rouges, et lui offre ma fiole de plastique. Elle me remercie, avant de repartir au combat, et je prends la direction opposée.

5.

Nous sommes la voix de la France. L'élite des médias. Quand un journaliste de la Matinale croise un journaliste de la rédaction de France Publique, c'est-à-dire dans l'ascenseur ou dans le hall, il sourit avec cette affabilité qui est le sommet de la condescendance, se force à feindre la confraternité, comme si nous étions tous dans le même bateau, mais l'hypocrisie ne dure jamais longtemps. Les gens qui font l'opinion d'un pays n'ont pas une minute à perdre. La différence entre un journaliste du 7/9 de Publique et tous les autres employés de la Maison Rouge, c'est que les autres n'ont pas leur visage en photo sur la façade, sur une banderole de trente mètres de hauteur. La Matinale est un État dans l'État, l'ambiance toujours extrêmement tendue entre les animateurs de l'émission et le directeur de la rédaction. Quand les gens dont tout le monde connaît le nom parlent avec ceux dont personne ne connaît le nom, les conversations doivent rapidement être abrégées.

— Salut ça va… ? (Visage renfrogné de celui qui cherche à qui il parle.)

— Waow Nathan, tu es bien rentré dans le Premier ministre, hier matin ! (Autant fayoter parce qu'on ne sait jamais.)

— Oh la la, tu parles, Édouard Philippe m'a déroulé ses éléments de langage sur pilotage automatique… (Tête humble de l'homme important, toutefois pressé de s'en aller.)

— Courage, tiens bon jusqu'en juin ! (Mine envieuse de l'assistant d'après-midi.)

— On est des O.S. de l'info, à plus… (Sourire compatissant de la star qui a deux enregistrements d'émissions, l'une en prime-time, l'autre en deuxième partie de soirée, à préparer dans la semaine pour France Télé.)

Et quand les portes de l'ascenseur se referment sur des étages inutiles, les célébrités se recoiffent dans le miroir parce que c'est le seul instant de la journée où elles ont le temps de vérifier leur visage. Depuis que la radio est filmée en direct et que les vidéos circulent jour et nuit, elles ne peuvent plus se laisser aller comme les animateurs d'autrefois, tous obèses, chauves ou ébouriffés, portant des vieux chandails tachés, avec une joue plus poilue que l'autre, et des verrues sur le nez. Bienvenue dans le monde nouveau : celui où l'on se sent toujours plus moche et plus vieux que son concurrent.

Faire venir un écrivain dans le 7/9 était cohérent : la Matinale, ce n'est que de l'écriture. Tout est rédigé à l'avance. L'animateur est assis devant un écran d'ordinateur ; ses bonjours, ses enchaînements, ses questions, ses remerciements et ses au revoir sont identiques tous les jours. L'émission entière est une séance de lecture. Chaque intervenant débarque avec sa feuille de papier. Le jeu consiste à lire son texte en ayant l'air naturel, frais et pimpant. On se regarde à peine. La conversation est impossible. Si quelqu'un prononce quelque chose d'imprévu, c'est la panique instantanée.

Nous formons un club, celui de la parole la plus écoutée de France. Un bafouillage ? Toute la presse se gausse une semaine. Une gaffe ? Un mois de bad buzz. Une faute de français ? Une centaine de courriels réclamant correction, réparation, excuses, ou renvoi. Le pouvoir absolu se paie d'une pression absolue. J'admire la manière dont les lunettes de Dominique Gombrowski se déplacent de son front à son nez sans qu'il utilise ses mains. Un don surnaturel que seuls les journalistes de France Publique parviennent à développer à la perfection… avec Jean-François Kahn. Mais qui se souvient de Jean-François Kahn ? L'information est dépassée. Notre règne est sur le point de s'achever. Les jeunes ne nous écoutent plus, ils s'informent sur leur portable. Le vrai se confond avec le faux. Dénoncer les mensonges est ringard ; on a l'air d'un vieux con quand on explique qu'une statistique est bidon, qu'une calomnie est ignoble et qu'il n'existe pas de complot mondialisé. Le temps qu'un expert rectifie les erreurs, le public est déjà loin. Il n'a pas le temps de se souvenir.

22 heures

« Is it just me, or is it getting crazier out there ? »

Arthur Fleck
(Première phrase du *Joker* de Todd Phillips, 2019)

1.

Il est difficile de comprendre l'angoisse qui saisit le chroniqueur du jeudi quand on ne l'a pas vécue. Quel sportif accepterait de remettre son titre en jeu toutes les semaines, à longueur d'année ? La peur commence trois jours avant l'antenne. Le lundi, tu surveilles les alertes Google actualités. Le mardi, tu regardes « Quotidien » et « Touche Pas à Mon Poste » pour déceler la tendance satirique de la semaine. Quelle est la tête de Turc du moment ? De qui va-t-on se foutre dans les jours à venir ? Le mercredi, tu crains un événement tragique ou une catastrophe naturelle qui t'obligeraient à être sérieux. Un matin, Nathalie Ferrogi s'est plainte à l'antenne d'être obligée de réécrire toute sa chronique parce qu'un attentat avait fait huit morts la veille à New York. Elle s'est fait remonter les bretelles par Nathan en direct, et s'est excusée le lendemain pour ne pas être virée. L'humoriste de la Matinale n'a pas le droit d'être déconnecté de l'actu. Ses vannes doivent rebondir sur les infos du

JT. Pareille obligation tue toute spontanéité. C'est à cause d'elle que l'humour se banalise et cesse d'être drôle. Trop de blagues tuent les blagues, et c'est pourquoi le politiquement correct et le premier degré finissent par l'emporter sur la dérision. Ce fut le cas aux États-Unis et c'est en train d'arriver en France. Quand on se force à plaisanter tous les jours sur les nouvelles, on court le risque de déraper, de choquer, de braquer, de demander pardon… Quoi de plus triste qu'un clown transpirant en quête de sujet brûlant-mais-non-choquant ? Et je ne mentionne pas le problème de « l'appropriation culturelle » : seuls les juifs peuvent plaisanter sur les juifs, seuls les musulmans sur les musulmans, seuls les homos sur les homos… C'est ce qu'on appelle le communautarisme humoristique. L'humour se segmente, comme la société. Si un Blanc imite un Noir ou un Asiatique, c'est désormais un raciste (pourtant je n'ai pas honte de dire que Pierre Péchin me faisait bien rire dans mon enfance avec sa version arabe de « La cigale et la fourmi »). Si Blanche Gardin n'était pas une femme, elle ne pourrait pas dire que les témoignages de harcèlement sexuel au bureau l'excitent à mort. La mauvaise nouvelle ? L'humour est désormais cloisonné culturellement, en France comme en Amérique. La bonne nouvelle ? L'autodénigrement reste le seul dénigrement socialement acceptable. Or c'est mon fonds de commerce depuis toujours.

Et puis d'ailleurs, d'où vient cette nécessité du commentaire rigolo des informations ? Cette folie est née quand ? Aux États-Unis, avec le « Late Show » de David Letterman, ou Johnny Carson avant lui, ou « Saturday Night Live » ? En France avec le duo Gildas-de Caunes : un journaliste sérieux avec un pitre à côté ? Ce principe vient du cirque : le clown blanc et l'auguste. Don Quichotte et Sancho Pança, Don Juan et Sganarelle, Laurel et Hardy.

Ce qui est certain, c'est que nous copions servilement les comiques américains. Mais n'oublions pas que les humoristes d'outre-Atlantique ont fait élire Trump à force de taper dessus ; ils ne sont pas infaillibles. Quand l'équipe de foot française a gagné la Coupe du monde en 2018, le principal satiriste américain (Trevor Noah) a déclaré : « L'Afrique a gagné la Coupe du monde » dans son « Daily Show ». Difficile de trouver « joke » plus raciste, pourtant prononcée par un symbole du progressisme. Il se croyait à l'abri de tout reproche, étant noir de peau. Il a dû reculer le lendemain en s'autojustifiant laborieusement.

En France, nous avons une longue tradition de l'irrespect des puissants depuis la fête des fous au Moyen Âge, les valets insolents de Molière et le « Père Duchesne » sous la Révolution, héritage qui a culminé avec le titre censuré de *Hara Kiri* : « Bal tragique à Colombey : 1 mort » en 1970, provoquant l'interdiction du journal. Depuis *Le Canard enchaîné*, qui fut créé en 1915 pour railler les Boches, la caricature est la principale source de pensée politique des Français. Leur opinion se forge à partir des quolibets et des satires. Les Français ne se font pas un avis à partir de l'information brute, mais répètent les blagues des humoristes qu'ils prennent pour argent comptant. « Macron est un banquier pourri de chez Rothschild qui zozote en couchant avec son garde du corps », « Sarkozy un petit nerveux avec des tics qui aime le yacht de Bolloré et porte des Rolex au Fouquet's », « Hollande un queutard de comédiennes sur son scooter avec une cravate tordue sous la pluie ». Le regard ironique sur le pouvoir prend le pas sur la vérité de l'analyse du pouvoir. Il nous fait accepter notre infériorité avec un sentiment de supériorité. Le sarcasme des humoristes est généralement présenté comme la réponse indispensable à l'arrogance des puissants, mais ne perdons pas de vue qu'il est aussi la vengeance des impuissants.

2.

Assis au bar intérieur du Fouquet's, je commande déjà mon troisième Moscow Mule de la soirée en guettant les infos sur mon iPhone 27, à la recherche de la nouvelle au plus fort potentiel comique. Il paraît que, dans sa jeunesse, Coluche se pointait à huit heures du soir en veste blanche à la terrasse du Fouquet's et allait voir les clients en disant « je finis mon service, pourriez-vous régler les consommations ? ». Il se faisait 500 balles en cinq minutes, avant de décamper en courant.

Une brunette aux cheveux courts, teint mat, dents blanches, yeux ébahis de faon à la patte prise dans un piège à loups, soutient mon regard depuis deux, non, trois, non, quatre secondes. C'est elle qui engage la conversation. Maintenant que les hommes n'osent plus aborder les femmes, celles-ci sont bien obligées d'effectuer le premier pas.

— Je suis fan du spa auditif.

Le spa auditif est un subterfuge que j'ai imaginé pour travailler moins à la radio. Il suffit de diffuser une flûte de pan et des cris d'oiseaux, et de ralentir mon débit vocal, tel un masseur dans un spa de luxe ; cela me permet d'écrire moins de mots. Bartleby et Parango, même combat. Le faon porte une veste Balenciaga échancrée. Nue en dessous : ses seins en forme de poire sont visibles quand elle se penche. Et elle se penche souvent. Ne pas réagir. Rester de marbre, éviter de focaliser sur la chaîne en or qui caresse son aréole gauche. Elle sent le patchouli et la sueur. Je suis tombé amoureux depuis cinq minutes.

— Tu fumes ?

— Non.

Le coup de la cigarette, je connais. On sort en fumer une dans la rue et un paparazzi nous met en couverture de *Closer*. Non merci. Elle s'appelle Marine. Je préfère ne pas deviner son âge : ma fille aînée doit être plus âgée.

— Tu es vraiment la caricature du connard germanopratin.

— Je croyais que vous étiez fan de mes massages auriculaires.

Marine en est visiblement à son cinquième mojito.

— Parango, tu pues le cul.

— Voyez-vous Mademoiselle, si c'était moi qui avais dit cette phrase, vous auriez pu détruire ma vie en un tweet.

— T'es vieux. T'as envie de me baiser, ça se voit. Il PARAÎT que je fais ça TRÈS bien. J'ai lu tes livres, je sais que tu aimes te faire sucer. T'es vraiment un vieux dégueulasse et mes lèvres sont super douces, EN HAUT ET EN BAS. Je jouis très vite et quand je jouis, je dis PUTAIN très FORT. Préviens tes voisins d'acheter des boules Quiès.

Zut, c'est une « YMCA » (Y'a Moyen de Coucher Avec). Une professionnelle, quoi. Je n'ai plus d'argent. Il me faudrait du produit péruvien pour prendre une trace tellement épaisse que toute tentation serait annihilée durant les trois prochaines heures. Pour baiser quotidiennement, le plus simple reste de se marier. Les premières années, on est à peu près certain d'avoir des relations sexuelles régulières et consenties. L'adultère apporte ensuite un surcroît de piment, un peu comme la retraite complémentaire ajoute à celle par répartition. Sexuellement ma vie a connu trois périodes : la disette jusqu'à vingt ans, l'abondance jusqu'à cinquante, enfin la dèche tempérée par ma notoriété déclinante. Mais je ne sens pas cette groupie ivre à dix heures du soir sur les Champs-Élysées. Marine est soit une escort-girl en chasse, soit une youtubeuse qui tente de me piéger, filmée par un comparse planqué derrière un palmier. Je dois rester souriant, au cas où l'image serait diffusée en direct sur Periscope. Troisième possibilité : cette fille est une lesbienne qui a parié avec une amie qu'elle draguerait Octave Parango. Je décide de changer de sujet.

— Le Fouquet's est moins bien depuis que Jacques Garcia l'a refait. C'est quoi ce besoin d'abat-jour à franges, de fauteuils rouges et de velours taupe du sol au plafond ? Un mot : acariens.

De toute façon, je viens d'apercevoir une autre brune, bien plus appétissante, accoudée au bar intérieur. Je tombe amoureux pour la deuxième fois en dix minutes. Quémander du sexe devient complexe dans la France des années 2020. Mais ce fut difficile toute ma vie. Quand j'étais adolescent, la timidité me paralysait. Je regardais les beautés avec la tête d'un chien qui bave devant un os. J'avais atrocement peur des filles sublimes que je n'aurais jamais. Plus tard, la notoriété accéléra les rencontres mais jamais avec la jolie taciturne aux lèvres entrouvertes et aux yeux mi-clos qui aurait pu me rendre heureux. Et aujourd'hui, le mouvement #MeToo me ramène à mon impossibilité des débuts. Il est hors de question d'adresser la parole à une femme sans passer pour un porc. Même regarder une beauté plus de cinq secondes dans les yeux est suspect, surtout si l'on est (un peu) connu des médias.

Dans les années 1990, il suffisait de dire : « Tu veux bien être mon plan cul ? » À présent, je devais boire des hectolitres de Moscow Mule pour oser dire quelque chose comme :

— Excuse-moi mais j'en ai marre de ne pas vous connaître. Combien de temps allons-nous continuer ainsi à ne pas nous rencontrer ? Je pense que nos deux existences devraient peut-être cesser d'être parallèles. Pardon mais je te regarde depuis une heure sans oser vous aborder. Je crains la lourdeur plus que tout au monde, mais si je n'ose pas, je sais que je ne m'en remettrai jamais. Alors voilà, je tente le tout pour le tout : votre silence m'attire, je ne cesse de me demander comment votre beauté peut être seule ici, pourquoi vous arborez cet air mélancolique quand vous lisez votre portable, au début je t'ai espionnée de loin avec tes tennis blanches ton Levi's ton sac en daim tes créoles aux lobes et ce haut en coton blanc ouvert sur votre dos mordoré. Non je ne vous juge pas sur ton apparence physique mais elle est pour l'instant l'unique perfection à laquelle vous me laissez l'accès. Je ne peux pas connaître ton âme, quand vous ne m'avez montré que votre visage. Je me demande quel est votre parfum qui endolorit ma vie. Je ne pense pas qu'il soit outrageusement envahissant de vouloir te connaître, j'ai honte de ma curiosité mais cette curiosité est ce qu'il y a de plus doux et tendre dans l'être humain, je veux comprendre pourquoi tu regardes droit devant toi avec tes yeux verts, j'ai vérifié : devant toi il y a un mur tapissé de tissu rouge et tu as ces jambes et ces épaules nues et ces cheveux longs qui donnent l'impression d'entendre « Can't Fight This Feeling » de REO Speedwagon comme quand j'étais tombé amoureux d'une Américaine un été dans un camp de tennis en 1979, qui s'en moquait autant que toi. Tu dois forcément savoir tout ce qui se passe quand tu renverses ta chevelure ondulée de l'autre côté de ta nuque sans raison, envoyant des molécules de ton parfum qui prennent dans l'air la forme d'un délicieux coup de poignard dans mon ventre, tout d'un coup j'ai l'impression d'avoir douze ans et de croire que la solution à tous mes problèmes serait de trouver refuge dans votre cou pendant la durée d'un hug, c'est-à-dire mille ans. Votre fossette sur ta joue gauche contribue à mon malheur, vous êtes là et vous ne dites rien, et plus vous ne dites rien, plus je suis seul. Quand je pense à tout ce que j'ai sacrifié pour plaire aux femmes, durant ma vie entière, la publicité, les livres, le cinéma, la télévision et la radio, toute cette notoriété inutile accumulée dans le but de diminuer la distance entre vous et moi – en vain. Je suis encombré de mon désir si bavard, obscène et navrant, mais c'est toi qui as commencé, en entrant dans ce bar tu es entrée dans mon existence par inadvertance, je viens vous voir parce qu'il est déjà trop tard, le mal est fait, je suis minable mais telle est la condition masculine désormais, nous ne sommes plus rien que des quémandeurs de sentiments, des mendiants de l'amour : si l'on m'avait dit que je citerais Enrico Macias ce soir, je me serais immolé par le feu, mais je dois reconnaître que le crooner juif arabe a su bien condenser les choses – mon désir fait la manche. Je suis un mendiant imbibé de ginger beer. Je me prosterne à vos pieds, je suis un gilet fluo du cœur, un SDF de la bite. Je t'en supplie, avouez qu'il serait absurde de se quitter avant de se rencontrer, non ?

Je me lève, mon verre à la main, et marche droit vers la beauté en short délavé aux tétons énervés, qui croque des noix de cajou parfumées à la truffe noire du Périgord. Pendant que je lui lis cette tirade d'amour rédigée sur mon bloc-notes, je remarque qu'elle a dessiné sur ses pommettes de fausses taches de rousseur au feutre pour sembler plus ingénue. J'adore l'air naïf que prennent les femmes ayant le plus bourlingué. Mon monologue terminé, la sublime mime alors un geste signifiant « sorry I don't speak French » puis la Marine aux cheveux courts marche vers elle et lui roule une grosse galoche. Mes sentiments sont partagés. D'un côté je suis fier d'avoir toujours le compas dans l'œil du model scout professionnel ; de l'autre, je déprime d'avoir perdu mon mojo et mon temps. Je chiffonne ma lettre d'amour et la jette dans la poubelle jaune : elle sera recyclée en papier hygiénique. Je paie mes verres et tourne à gauche dans l'avenue George V, en direction du Crazy Horse. Il est l'heure de voir des fesses bombées, des dos cambrés, des seins érigés, un peu de consolation dans ce monde d'indifférence. Je connais une danseuse prénommée Dea qui y travaille peut-être ce soir (le deuxième spectacle est à 23 heures). Tandis que je lui envoie un texto, je croise une soixantaine de manifestants en plastron fluo qui fracassent l'abribus de la station de taxis à l'angle des Champs. C'est bizarre, il n'y a aucun policier aux alentours. Mon ivresse légère me donne le courage de parler à l'un des protestataires, un costaud barbu avec une casquette à l'envers.

— Je suis avec vous les gars ! Foutez le feu au bling bling !

Ils hésitent. Certains m'ont reconnu et me filment avec leur téléphone. D'autres lèvent les yeux au ciel. En fait ils ne savent pas dans quel ordre procéder : prendre un selfie d'abord et me tuer après, ou me tuer d'abord et photographier mon cadavre ensuite.

— On va commencer par toi Parango ! Collabo du système ! Pourriture salariée ! Ordure ! File-nous ton pognon !

— Je suis à découvert à la banque mais j'ai une ardoise au Fouquet's, je peux demander au barman de déboucher une bouteille de Cristal Roederer, si vous le désirez.

— On te la foutra dans le cul, connard corrompu ! Et ensuite on cramera le restau à Sarko !!

Le costaud s'approche, de guingois, une bouteille de Jack pleine d'essence à la main… Dieu merci, un de leurs camarades choisit ce moment pour briser le pare-brise d'une Porsche Cayenne devant le Four Seasons. Une sirène d'alarme retentit et la bande se retourne pour voir des CRS charger, ce qui me permet de m'éloigner à pas chassés, en mimant un faux appel au téléphone, dans la petite ruelle qui descend vers la Maison du Caviar. Le dialogue entre les mondains et la *middle class* semble difficile à rétablir pour l'instant. Ayant l'esprit de l'escalier, j'énumère les trois questions que je n'ai pas osé leur poser :

— Le Grand Soir est-il compatible avec la perche à selfie ?

— Cramer la Porsche 911 de Christian Etchebest en y déversant des poubelles enflammées est-il le moyen le plus efficace de lutter contre l'injustice sociale ?

— Se battre pour son salaire a-t-il encore un sens quand la maison brûle ?

J'ai honte de continuer à blaguer. C'est plus fort que moi : ce que je reproche aux autres, voilà qui je suis. Un shot de Beluga au bar de la rue Quentin-Bauchart me remonte le moral en me remuant l'estomac. Au XXe siècle, la Russie soviétique a tout de même réussi à concilier la justice sociale et les plaisirs de la nomenklatura ; je me trouve con de ne pas avoir proposé aux révolutionnaires une vodka au Raspoutine.

3.

La lutte des classes existe, je l'ai rencontrée. Si jamais on ne doit retenir qu'une seule chose de ma trilogie, c'est ceci : on ne peut pas vivre sans idéal. L'idéal est une folie mais l'absence d'idéal est pire. Je regrette mon manque de repartie : j'aurais pu expliquer aux insurgés comment s'emparer de l'Élysée. Il suffit d'organiser quatre soirées simultanées un dimanche soir dans le quartier. Prévoir un certain investissement pour la location des salles et des déguisements : ni gilets, ni cagoules, ni casques, mais il faut infiltrer 200 black blocs en smoking au bar du Bristol, 100 indignés en veste-cravate au Ran, 300 révoltés en tenue de soirée dans un faux mariage au pavillon Gabriel, et 150 zadistes qui vont assister à une représentation au théâtre Marigny. Tous seront fournis en Captagon par des complices pharmaciens. Une fois ivres et défoncés, les quatre groupes d'activistes n'ont plus qu'à se précipiter à minuit pile vers le château : le groupe du Bristol attaque l'entrée principale du 55 faubourg, le groupe du Ran fonce de la rue d'Anjou vers la rue de l'Élysée, côté faubourg Saint-Honoré, pendant que le groupe de l'avenue Gabriel pénètre simultanément à l'autre extrémité de la même rue. Enfin les révoltés du Marigny n'ont qu'à traverser l'avenue homonyme pour entrer par le jardin en escaladant les grilles. La sécurité de l'Élysée serait impuissante devant une horde de 750 émeutiers foncedés déferlant aux quatre coins du Palais. Il faut garder à l'esprit cette vérité intangible : la police française n'a pas le droit de tuer. La République peut être renversée par la fête en quelques minutes. Je dévoilerai bientôt le mode d'emploi de la prochaine Révolution française dans mon ouvrage *La Solution festive*. Le jour où ma méthode fonctionnera, les démocrates français pleureront comme tous les Allemands qui, à l'époque, ont pris *Mein Kampf* pour une vanne de plouc.

Les vannes : le mot indique quelque chose. Les humoristes ont ouvert les vannes. Les voitures brûlent devant la boutique Bulgari saccagée. Les insurgés protestent contre le luxe inabordable. La richesse s'expose et joue sur les nerfs des pauvres. Plus les produits de luxe français sont chers, plus la France est prestigieuse, et plus les frustrés sont nombreux. La frivolité est l'orgueil de la France et il est aussi la cause de sa division. Nous sommes tous fiers que Chanel, Hermès, Cartier et Vuitton soient désormais l'unique image de la France dans le monde, mais combien d'entre nous y ont réellement accès ? Arrêtons de croire que l'industrie du luxe, par la volontaire inaccessibilité de ses prix de vente, est autre chose qu'une humiliation pour une immense majorité des citoyens de ce pays. Les visuels publicitaires de notre principale industrie nationale, omniprésents dans la rue, les magazines, les aéroports, les gares, les réseaux sociaux, les cinémas et les télévisions, finissent par rendre la planète majoritairement malheureuse. Le luxe est une oppression quotidienne, une insulte de pashmina. La ploutocratie ne tient qu'à un fil de chèvre du Cachemire.

J'aurais dû lancer des pavés avec les black blocs mais j'étais trop paresseux. Je préférais adresser des WhatsApp à mon dealer pour m'extraire de cette jacquerie. J'étais un bourgeois : ma souffrance n'était pas seulement matérielle. Je désertais le champ de bataille.

Nous sortons de quarante ans de dérision… pour quel bilan ? Aucun changement. L'humour est un immobilisme. Un dérivatif pour nonchalants. Brûler les Champs-Élysées est plus efficace que quatre décennies de blagounettes. Les Champs-Élyséens, « tout au bout de la terre », sont le nom des Enfers dans la mythologie grecque : il est naturel que des pyromanes y allument des feux follets.

« L'humour est une grammaire », a décrété Charlotte Vandermeer, la reine des chroniqueurs de France Publique. Mais s'il n'y a rien d'autre et pas de réponse possible, l'humour devient une injonction, le désordre devient un nouvel ordre, la vanne une machine qui broie tout sur son passage. « On tape sur tous » mais pourquoi faut-il taper à tout prix ? Tous se disent ouvertement progressistes, de Sabrina Rama à William Morris, en passant par Charlotte Vandermeer, qui est la gentillesse même. Et cependant, à France Publique, c'est la course au happening viral, les clowns rêvant d'être aussi contagieux que des microbes. Pedro Mika a fini par se raser la tête en direct, Angélina a montré ses seins pour dénoncer le puritanisme... Si l'invité refuse de rester assis pour recevoir des scuds dans la figure durant trois minutes, Charlotte et William font venir un comparse coiffé d'une perruque pour endosser le rôle du punching-ball humain. Ainsi Marine Le Pen, ayant quitté le studio 511, fut-elle incarnée par un barbu tirant la gueule pendant que les humoristes lisaient leur sketch sur ses mensonges, ses mises en examen, son racisme et sa démagogie. Car les rigolos tiennent à « punir » ceux qui les fuient en les ridiculisant physiquement. Et ils n'ont pas conscience que cette idée – substituer à leur cible un camarade emperruqué – les rend aussi démagos que la démagogue qu'ils souhaitaient dénoncer. Vaincre le Mal en exhibant la supériorité du Bien tourne au combat entre deux populismes : la plouquerie vulgaire de la fille à papa facho et corrompue contre le catéchisme méprisant des bien-pensants salariés par l'État. Tout le monde est sali quand on catche dans la boue.

À part se suicider à l'antenne, il ne me reste plus grand-chose de nouveau à proposer. Je réfléchis : pourquoi ne pas raconter ma rencontre avec les révoltés des Champs-Élysées sur fond de Joe Dassin ? Aucun chroniqueur n'ose en parler. Les contestataires du micro appellent à la révolution anticapitaliste depuis quinze ans et maintenant qu'elle a lieu, dans la rue, dans toute la France, ils flippent comme des jeunes filles de bonne famille. Porter un casque audio et jouer les gauchistes est plus confortable que mettre un casque de moto, un foulard et foutre le feu pour de vrai, au risque de perdre un œil ou une main. La révolution gronde et nous n'y comprenons rien. Nous pensions être les maîtres de la révolte, les lanceurs d'alerte, les esprits farceurs et libres. Alors que nous sommes ce que la plèbe enragée appelle une élite déconnectée. Nous pensions être généreux et altruistes, mais comment en convaincre les vrais rebelles ultraviolents qui brûlent les bagnoles de luxe ? C'est pénible de se faire traiter d'oligarque quand on apprend par cœur *Charlie Hebdo* tous les mercredis. On a tous passé notre temps à critiquer, disséquer, analyser, contester le système sans s'apercevoir que le système, désormais... c'était nous. France Publique a cessé de militer sincèrement pour la justice sociale, elle a préféré passer l'injustice à la moulinette de la dérision. Cela signifie que même la gauche est devenue une blague à ses propres yeux.

23 heures

« L'humour est une machine à transformer le malheur en plaisir, mais le malheur se venge. »

Dominique Noguez

1.

Je me claquemure mentalement en fréquentant la Ruche du cinquième étage. Jamais je n'ai eu autant l'impression d'accéder au cœur du réacteur. Je croise devant le studio 511 la vingtaine de personnes qui font l'opinion officielle. Souvent je reste debout dans la régie, derrière la vitre, à contempler les Ducs et Duchesses du Verbe, comme des squales dans un aquarium, penchés vers les micros ouverts qui parlent au pays. Je reste là, caché dans un coin, derrière l'équipe technique, les stagiaires de classe de troisième, le réalisateur, les ingénieurs du son, la fille qui envoie les reportages externes, l'autre qui sélectionne les questions des auditeurs au téléphone, une troisième qui briefe Nathan dans son casque. La fumée des gobelets de café a remplacé celle des cigarettes. De petites bouteilles de Cristaline sont distribuées aux intervenants pour éviter que leurs voix ne râpent trop l'oreille, et aussi conjurer l'affreux phénomène de la « bouche asséchée par la trouille » qui produit un floc-floc répugnant. La Ruche, c'est aussi les conseillers politiques et les producteurs d'émission qui se font des bises. Les journalistes et les attachées de presse qui plaisantent doucement sur les questions à ne pas poser, qui seront tout de même posées, mais dont la liste a été préalablement fournie, et les réponses préparées par le cabinet du ministre.

Jamais de ma vie, à aucun endroit, n'ai-je autant eu ce sentiment d'être au centre du pouvoir qu'en participant à la Matinale de France Publique. Mais je sens que le vent tourne ; j'ai des problèmes avec mon badge d'entrée qui ne fonctionne jamais (il est souvent démagnétisé à force de me servir à concasser des cailloux blancs, la nuit, sur des étagères de marbre, dans des toilettes de luxe) et je dois hebdomadairement tambouriner sur la porte rouge blindée du cinquième étage pour que quelqu'un vienne m'ouvrir à 8 h 54, une minute avant le direct.

Chaque matin, l'être humain accomplit un certain nombre de gestes. Ce sont, la plupart du temps, les mêmes. Se brosser les dents, par exemple. Allumer son téléphone portable. Enfiler des vêtements sur son corps. Parfois, très rarement, l'humain sort de ce programme. Il effectue un pas de côté. Il se dérègle. Depuis un moment, je ne parviens plus à ricaner spontanément. Qui le peut, d'ailleurs ? Le ricanement n'est pas compatible avec la routine. C'est l'approche de la mort qui fait perdre le sens de l'humour. Quand ses amis meurent tous, qu'on est invité à un enterrement par mois, finie la rigolade. On se marre moins en trinquant avec les survivants. Personne n'a réussi à plaisanter sur le regretté Dominique Noguez, le grand spécialiste de l'humour noir, au bord de son cercueil, à l'église Saint-Germain-des-Prés. Face à la fatalité, les fanfarons sont moins loquaces ; comment se moquer de la mort de Pierre Le-Tan autant qu'il l'aurait souhaité ? Les ironistes sont intimidés. On n'avait jamais remarqué tous ces courants d'air glacés au crématorium du Père-Lachaise. On rentre chez soi en frissonnant. L'insécurité est comique, pas la certitude.

2.

Je me demande ce que je vais bien pouvoir déblatérer demain matin. Je rêve d'un humour apolitique. Je voudrais être capable de prononcer une antichronique, un texte tellement décalé qu'on ne saurait plus quoi en penser. La guerre de l'humour à France Publique n'oppose pas la droite et la gauche (tout le monde y est de gauche) mais peut-être deux autres camps, irrémédiablement opposés : l'humour engagé contre l'humour absurde. « Les Guignols de l'Info » contre « La Minute nécessaire de Monsieur Cyclopède ». David Letterman contre Monty Python. Les caricatures de *Charlie Hebdo* contre les dessins du *New Yorker*. Yann Barthès contre Chris Esquerre. Stéphane Guillon contre Jonathan Lambert. Thierry Le Luron contre Raymond Devos. Laurent Gerra contre Stéphane De Groodt. Nicolas Canteloup contre François Rollin. Groland ou Palmade ? Choisis ton camp, camarade. Demain matin, je voudrais faire rire sans message, sans réaction à l'actu immédiate. J'en ai marre du « rire de résistance » cher à Jean-Michel Ribes. Je préfère le rire qui se fout du monde. À Guy Bedos qui tente de se moquer du pouvoir, je préfère Andy Kaufman qui déstabilise l'organisation même de la société en mendiant de l'argent en direct pour soigner le cancer de sa femme. La différence fondamentale entre les deux catégories de vanneurs : les premiers cherchent à faire passer un message, les seconds – comme me le confia un jour Jonathan Ames (créateur de la série *Bored to Death*) – disent : « My message is that there is no message. » Il ne s'agit pas de satire mais de « wit », l'esprit british transbahuté à Manhattan au XXe siècle par Dorothy Parker, Harold Ross, Robert Benchley, Harpo Marx, Saul Steinberg et Roz Chast. J'aime l'humour intemporel sur la nature humaine, aussi efficace un siècle après, alors que les plaisanteries politiques de ce matin seront démodées à quinze heures. Il me revient une séquence dans le film *Ridicule* de Patrice Leconte qui résume le problème des Français : un aristocrate revient d'un voyage à Londres et déclare à Versailles (où les saillies drolatiques, perfides et assassines fusent dans les jardins mondains taillés au cordeau) : « Là-bas ils ont une chose qu'ils appellent humour. » La noblesse de la cour de Louis XIV demeure perplexe. La vérité est qu'en France nous n'avons pas le même rire métaphysique que les Anglo-Saxons, alors pourquoi voulons-nous tant les plagier ? Ma blague préférée de Bob Mankoff (le patron des dessinateurs du *New Yorker* pendant vingt ans) est sans doute intraduisible : « Moi et mon éditeur ne sommes toujours pas sur la même longueur d'onde. Moi, je voudrais une avance à six chiffres et lui, il refuse de lire mon manuscrit. » Woody Allen ne réagit jamais à l'actualité. Comment éviter de se muer en chansonnier du Don Camilo, en imitateur d'imitateur ? Certains d'entre nous sont drôles parfois, mais on a l'impression que nous sommes interchangeables, comme si nous sortions tous de la même école du rire efficace. Bientôt il y aura des écoles d'humoristes ; vous verrez qu'HEC ouvrira une succursale de formation en humour (les Hautes Études Comiques). Elle existe déjà au Canada ! En 1988 fut fondée une « École nationale de l'humour » à Montréal. Les Québécois ont toujours eu un peu d'avance sur nous. Faudrait que je leur envoie mon C.V. avec une lettre de candidature. En cas de chômage, je pourrais peut-être y donner des cours ?

3.

TECHNIQUE DE LA CHRONIQUE HUMORISTIQUE

par Octave Parango

Quelques rudiments pour devenir comique radiophonique français en quatorze leçons.

1) Règle numéro un : faire semblant de détester Macron alors qu'on a tous voté pour lui. Il est indispensable de critiquer le président de la République, quel qu'il soit, puisque c'est la personne qui nous salarie.

2) Ouvrir sur une vanne de proximité. La vanne de proximité doit faire le lien avec ce qui a précédé dans l'émission. Il suffit de rebondir sur un propos qui vient d'être prononcé par l'un des participants. La vanne de proximité intégrera immédiatement votre chronique dans l'ambiance et vous rendra

sympathique car elle prouve que vous avez écouté les autres chroniqueurs, ou l'invité, voire l'animateur si vous voulez garder votre emploi longtemps. Exemple de vanne de proximité après la démission du ministre de l'Écologie : « Moi aussi, j'ai envie de prendre des vacances, Monsieur Hulot. »

3) Prévoir un running gag. Le comique de répétition fonctionne toujours en radio. Il peut s'agir d'un gimmick comme de dire « Bonsoir tout le monde » alors qu'il est huit heures du matin, ou d'un tic de langage : « Salut ma louloute ». Certains chroniqueurs passent quasiment la moitié de leur temps de parole à plaisanter sur les membres de l'équipe, la couleur de la chemise d'Antonin, la coupe de cheveux de Dominique, l'haleine de Nathan… Cela leur évite d'écrire sur une actualité toujours difficile et casse-gueule, et donne l'illusion que l'émission est fabriquée par une bande de copains qui aiment se charrier mutuellement. Alors qu'à peine les micros éteints, tout le monde file dans des bureaux éloignés les uns des autres, sans se parler.

4) Trouver une musique ou une archive à rediffuser. Le fond musical permet de meubler votre néant et de mettre un peu de dynamisme dans l'émission. Utiliser des citations sonores est aussi un support de foutage de gueule efficace et

chronophage. Souvenez-vous bien que plus vous glissez d'extraits d'archives dans une chronique, moins il vous faudra trouver d'idées par vous-même.

5) Militer à l'envers, en énumérant des horreurs, pour dénoncer ce qu'on redoute. Exemple : faire l'éloge des flash-balls ou du réchauffement climatique. Rappelons le théorème des 3D d'Alain Chabat : « Pour réussir une comédie, il faut les trois D : Déconne, Dénonce et Danse. » La Déconne seule ne suffit pas, elle est trop vide de sens, mais la Dénonciation non plus, trop lourde de signification. L'aspect festif (Danse) est indispensable pour lier le tout : la musique ou la parodie de chanson crée l'illusion qu'il se passe quelque chose de joyeux pendant votre chronique alors que diffuser un son et taper dans ses mains est le degré zéro du travail intellectuel. La chronique parfaite pour France Publique serait une minute de délire gratuit, une minute de révolte altermondialiste et une minute debout sur la table du studio en train de twerker son booty en tirant la langue aux webcaméras numérique haute définition.

6) Glisser des provocations scatologiques, parler de cul, de nudité, de zizi, employer les mots « bite », « anus », « vagin », « vaseline », « tendu du string » ou « détendu du gland », insérer de la drogue

(cannabis, herbe, coke, ecstasy, xanax ou stilnox mais pas morphine ou héroïne, trop sales). Les dérapages verbaux, s'ils sont bien contrôlés, entraînent un rire de défoulement, une stupéfaction de l'auditoire. France Publique adore se faire secouer en toute sécurité par les chroniqueurs qui ont l'air de flirter avec les limites de la décence. Prononcer des mots comme « ken », « juter », « mouiller » ou « pécho » sur cette radio est une façon inoffensive d'offenser.

7) Une des règles de l'humour énoncée par Bob Mankoff est restée célèbre : « L'originalité est surestimée. » Ne cherchez pas à réinventer l'humour, vous ne parviendriez qu'à faire chier les gens. « Faites ce qui marche. » N'hésitez pas à choisir des boucs émissaires incapables de se défendre, comme Anne Roumanoff, Ludovine de La Rochère ou Ève Angeli. (Au besoin, ayez à portée de votre main une liste de têtes de Turc où vous pourrez piocher comme Thierry Le Luron autrefois, qui faisait rire la salle uniquement en prononçant ces quatre mots : « Jean, Jacques, Servan, Schreiber ».) Lécher· consciencieusement la patronne des programmes avec une feinte impertinence – en réalité la reconnaissance du ventre déguisée en pied de nez. Épargner les annonceurs de la radio, les syndicats et les techniciens. L'idée est de taper toujours sur les mêmes sans risquer de perdre sa place.

8) Trouver un angle journalistique. Qu'est-ce qu'un « angle » ? C'est juste une façon de répéter ce qu'il y a dans les journaux mais dans un style inattendu, avec un enrobage original (pastiche, parodie, déguisement, création de personnages, imitation, etc.). La chance de la chronique humoristique, c'est qu'il s'agit d'un billet d'humeur dont personne n'attend rien, à part un ou deux éclats de rire en trois minutes. Et si vous y intégrez un message moral ou politique, militant anti-homophobie ou pro-écologie, ça ne mange pas de pain, et évite de réfléchir par soi-même.

9) Écrire très vite. L'aîné des chroniqueurs, Didier Marin, m'a conseillé de ne pas y passer plus d'une heure, « au prix où c'est payé... » Le problème est que, parfois, le sous-paiement s'entend. Il existe un humour de fond comme il y a des musiques d'ascenseur. On produit du comique non drôle, mais qui meuble l'antenne, et donne au public l'étrange impression qu'il a *ri sans rire*.

10) Lire son papier très vite. Cela donne l'impression que vous êtes à l'étroit dans vos trois minutes et que vous mériteriez une heure d'émission pour vous tout seul. Les meilleurs chroniqueurs, comme Pedro Mika ou Thierry Pastilla, prévoient une vanne par phrase. Attention : cela

demande un travail titanesque, une forme de pensée uniquement orientée vers le résultat, mais empêche de se la jouer « intellectuel situationniste ». On perd en succès sexuel dans les soirées ce qu'on gagne en rires immédiats à l'antenne. Malheureusement, la plupart des humoristes de France Publique finissent par se prendre pour Che Guevara. Ils ont un message à faire passer : se faire pardonner leur grosse moto.

11) Ne pas écrire trop en avance. Par exemple, si pour le jeudi vous vous appuyez sur un événement qui s'est produit le lundi, vous pouvez être certain que vous serez le trente-quatrième à plaisanter sur ce sujet. Le seul moyen d'être original est de déconner *uniquement sur ce qui est arrivé la veille* (mercredi soir pour le jeudi). Il faut lire *Le Monde* du soir, décortiquer le *Charlie Hebdo* ainsi que *Le Canard enchaîné* et « Quotidien » de Yann Barthès. C'est ce dernier qui décide des angles d'attaque. Yann donne le *la* des blagues en France. Sur chaque personnalité ou événement, tous les bouffons attendent son signal. Il est très rare qu'un humoriste sorte de la ligne de « Quotidien ». À ma connaissance, sur France Publique, ce n'est jamais arrivé.

12) Écouter toutes les chroniques concurrentes et se différencier sur des petits détails. Ne pas répéter ce qui a déjà été fait, mais ne pas trop dévier de

la route non plus. La plus grosse difficulté consiste à s'exprimer le premier sur un sujet grave, comme cela m'est arrivé après l'élection de Trump ou la victoire du Brexit. J'ai alors fait preuve de la plus grande lâcheté : j'étais contre.

13) Une fois que tu as trouvé un système qui marche, ne plus innover. Mieux vaut user jusqu'à la corde un concept efficace que d'être créatif et de risquer le bide. Ne jamais oublier que peu d'auditeurs écoutent toutes les chroniques. Sur un an, ils en entendront en moyenne 10 %, soit quatre sur quarante : une infime minorité se plaindra si tu radotes. En revanche, retenir ce slogan : un gros plantage et tu dégages.

14) Prévoir une chute sur un propos engagé, généreux et fédérateur qui fera pardonner les trois minutes de dérision. On conclut toujours sur un message de paix universelle destiné à montrer qu'au fond, le plaisantin n'est pas si méchant. Exemple : « Ce que voulaient les gilets fluos, c'est qu'on les voie. Peut-être qu'à présent, il faudrait les entendre. » La chute politiquement engagée vous rend sérieux et légitime tout d'un coup. On doit donner l'impression qu'on se bat courageusement, alors qu'on dit une banalité sur laquelle tout le monde est d'accord. La chute correcte devrait normalement susciter une réaction vocale du type

« wooooh trop mignon » autour de la table. Et le vilain trublion obtient ce qu'il cherchait : être liké comme une vidéo de chaton.

Si vous mettez en pratique ces quatorze recommandations, une belle carrière s'offre à vous, avec tournées de théâtres en province, invitations dans des talk-shows sur France TV, sexe instantané sur Tinder, médaille des Arts et Lettres au bout de dix ans, seconds rôles dans des comédies d'auteur, premiers rôles dans des comédies de merde[1], et à l'arrivée, qui sait, si vous êtes particulièrement malin, arriviste, retors, narcissique et racoleur, peut-être dès l'élection de 2022, un bail de cinq ans dans un château en plein 8e arrondissement de Paris, au 55, faubourg Saint-Honoré.

1. Pour distinguer une comédie d'auteur d'une comédie de merde, c'est simple : les secondes sont mieux rémunérées. (Note de l'auteur.)

4.

Dans *Le Nom de la rose*, Umberto Eco imagine un second tome de la *Poétique* d'Aristote consacré à la comédie. Un livre maudit, secret et interdit par l'Église au Moyen Âge car le rire déforme le visage et fait ressembler l'homme à un singe ou… au Diable. Les moines du roman considèrent que le rire est nuisible, dangereux, et que ce livre doit être brûlé… Il finit en flammes.

Longtemps, je me suis demandé ce que le grand sémiologue italien avait voulu dire. C'est pourtant clair. Le rire est indispensable à la vie mais il ne doit pas gouverner. Il est un accessoire nécessaire mais il ne peut pas être le pouvoir central car il pourrit la sincérité. Le rire ne peut pas être le cœur de l'existence, sinon il la détruit tout entière.

Il est impossible d'être heureux au milieu de clowns grimaçants. C'est aussi ce que Victor Hugo a cherché à exprimer dans *L'Homme qui rit* en 1869.

Je n'ai jamais fait partie de la Ligue du LOL. Cette organisation de harcèlement en groupe réunissait des journalistes spécialisés dans les réseaux sociaux. Sous couvert d'humour et de coolitude, ils confirmaient mes pires appréhensions quant à l'horreur digitale. Je boycotte Facebook, Instagram et Twitter depuis leur création, à la fois par snobisme (mon intérêt personnel étant évidemment d'être hostile à la démocratisation de la célébrité) et méfiance envers le progrès technologique. À chaque fois que l'homme a inventé de nouveaux médias, sont apparues de nouvelles formes de fascisme. L'exemple le plus godwinement cité est le cinéma et la radio qui ont fait élire Hitler. Dans l'affaire de la Ligue du LOL, la nouveauté consistait à utiliser l'humour comme alibi pour se comporter de manière agressive envers des personnes vulnérables (gros, timides, journalistes précaires, filles refusant de coucher, etc.). Le plus effrayant dans cette affaire absurde était le nom choisi : « Ligue du LOL », qui faisait penser au gouvernement italien, cette alliance de la Ligue du Nord (d'extrême droite) au Mouvement 5 Étoiles (parti ayant inventé le comico-populisme). Il semblait bien que naissait une nouvelle forme de pouvoir humoristique : comme si des clowns se mettaient à semer la panique en s'inspirant du roman *Ça* de Stephen King. Dans la vraie vie (IRL, comme ils disent), des individus déguisés en clowns s'amusaient par ailleurs à se filmer un peu partout sur Facebook Live en train de terrifier des enfants au hasard dans les rues, le soir de Halloween. On nommait cela le mystère des « clowns méchants ». Un groupe de rap s'en était même inspiré : Insane Clown Posse, la bande des clowns psychopathes. Allez voir leurs clips et vous dormirez moins bien. L'effroi naît de leur sourire indélébile, outrageusement fardé.

La Ligue du LOL entérinait en quelque sorte l'avènement d'une dictature nouvelle : la transformation assumée du rire en violence par une bande de clowns psychopathes imbus de leur micropouvoir, des nerds immondes essayant de compenser leur manque de virilité en injuriant les femmes qu'ils ne pourraient jamais séduire. J'imaginais aisément un tueur en série portant ce masque :

Nous vivons sous le joug du smiley. C'est Paul-Loup Sulitzer qui a importé le premier smiley en France dans les années 1960. Le smiley est une onomatopée dessinée, un borborygme illustré, une réduction du langage a minima. Les ennemis de l'intelligence auront gagné quand les romans auront pour titre ces petits visages à la géométrie stupide. Hihiho.

Un des émojis les plus populaires est celui qui pleure de rire, au visage penché. Il rappelle le personnage de *L'Homme qui rit* de Victor Hugo, dont la face a été défigurée par des forains pour lui imprimer un rire perpétuel, une énorme balafre allant d'une oreille à l'autre. La violence et la rigolade ont quelque chose de lié, comme chez le Joker (personnage inspiré de *L'Homme qui rit*).

Pourquoi envoyons-nous à nos proches toute la journée l'icône du smiley qui pleure de rire alors qu'elle fait si froid dans le dos ?

Minuit

« Je suis une caricature de moi-même. Pour moi, le carnaval de Venise dure toute l'année. »

Karl Lagerfeld

1.

Des études scientifiques annoncent la disparition progressive du désir au XXIe siècle. Les jeunes baisent 25 % moins souvent que leurs aînés. Octave ne comprend pas. Il doit faire l'amour tous les soirs, c'est une obligation non négociable. Le but de sa journée est le sexe, le reste n'a aucune importance. Octave est peut-être le dernier homme qui a été éduqué ainsi. Le travail ne compte pas. Le monde extérieur ne sert qu'à jouir. Sa vie tourne entièrement autour de cette unique question : comment vais-je faire pour niquer ce soir ? Imaginez un héros dont l'existence entière n'a que ce but. Cela demande une organisation drastique : être toujours présentable, correctement sapé, armé de préservatifs et de Viagra... Autrefois on appelait cela un homme normal, aujourd'hui on dit : un « sex addict ». Depuis qu'il a passé le cap des cinquante ans, sa satisfaction quotidienne est plus difficile pour deux raisons : il devient un vieux barbu poivre et sel, grand, bossu et maigre. Et le mouvement #MeToo a considérablement rallongé le délai entre la rencontre et la pénétration. Tout le malheur des hommes vient de ce que Harvey Weinstein n'a pas su demeurer seul au repos dans sa chambre. Octave continue de faire passer le cul avant toute autre préoccupation. Serait-il le dernier obsédé français ?

Il a compris très tôt ce qu'était un homme : un concentré de frustration. La condition naturelle de l'homme est la résignation. Il doit accepter de désirer ce qu'il n'aura pas. Le dialogue naturel entre l'homme et la femme n'est pas :

L'homme : Bonjour, j'ai terriblement envie de vous.

La femme : Trop bien ! Où pourrions-nous aller baiser tout de suite ?

No sir.

Le dialogue normal entre l'homme et la femme est :

L'homme : Bonjour, j'ai terriblement envie de vous.

La femme : Qu'est-ce que tu veux que ça me foute, connard ?

Le rôle de l'hétérosexuel est de désirer une femme, de ne pas satisfaire ce désir et de surpasser cette épreuve. La conséquence logique et universelle du désir masculin est le râteau. Sauf s'il ressemble physiquement à Matthew McConaughey, l'existence entière de l'hétéro sera donc consacrée à convaincre la femme par tous les moyens de coucher avec lui. Se rendre désirable est le but de tout ce que l'hétéro entreprend. On peut donc résumer la fonction des jolies filles ainsi : en frustrant les hétéros, elles servent à en faire des poètes, des footballeurs, des savants et des milliardaires.

Quand Octave entre au Crazy Horse, le portier en tenue de la police montée canadienne le salue avec déférence. En descendant les marches vers le vestiaire, Octave se sent en sécurité. Dans ce cabaret tamisé, il pourra boire du champagne rosé en admirant les plus troublantes cambrures du monde. Il parle à la demoiselle du vestiaire à l'entresol.

— Je viens de prendre un comprimé de sildénafil, je vais bander toute la nuit, avouez qu'il serait dommage de ne pas profiter d'une telle opportunité.

— Le spectacle va commencer, Monsieur, sourit froidement la jolie hôtesse en lui tendant son ticket de vestiaire. Je vous suggère d'aller prendre place en salle.

La jeune femme en uniforme hésite à appuyer sur le bouton qui, sous son comptoir, permet d'alerter le service de sécurité. Octave renonce à lui citer la phrase grandiose de Walter Benjamin : « Nur um der Hoffnungslosen willen ist uns die Hoffnung gegeben » (C'est seulement à cause de ceux qui sont sans espoir que l'espoir nous est donné). Il se dit que les manifestants, dehors, devraient taguer ce superbe slogan sur l'hôtel Prince de Galles. Si possible, sans fautes d'orthographe.

2.

Est-ce que vous baisez tous les jours ? Posez-vous la question. Combien de fois par jour, semaine, mois ? Vous êtes d'accord qu'une journée sans faire l'amour est une journée entièrement gâchée ? Avez-vous lu *L'Homme unidimensionnel* d'Herbert Marcuse ? Connaissez-vous le concept de « machine désirante » de Gilles Deleuze ? Ce sont des biographies d'Octave. Tous les médecins disent qu'il faut exercer une activité physique régulière pour se maintenir en bonne santé. Une heure de sexe journalier équivaut à une heure de jogging ou de natation, en moins chiant. Mais la vie d'un homme consiste à entendre des femmes lui dire non. Cela finit forcément par être déprimant. Certains en conçoivent une certaine rancune. Les Incels (« involuntary celibates ») tirent sur des femmes au hasard avec un fusil automatique. D'autres se marient pour être sûrs de ne plus endurer les déceptions humiliantes. D'autres encore choisissent la masturbation à vie devant des vidéos de soumises attachées, bâillonnées et pénétrées par des « fucking machines ». Et le reste est gay.

Pourquoi Octave est-il déstabilisé dès qu'il voit « un visage riant, un œil vif, un nez retroussé » comme dit Diderot ? Est-il répréhensible de désirer sans cesse ? Faut-il le désintoxiquer du sexe dans une clinique spécialisée, à coups d'électrochocs sur la verge ?

À force de fuir la vieillesse, il prenait dix ans par nuit.

La gloire d'Octave est une étoile morte. Le Crazy Horse a soixante-sept ans ; bientôt ce sera son âge. Il se souvient du scandale qu'il avait provoqué, il y a dix ans, avec Ali Mahdavi en beuglant tel le loup de Tex Avery pendant la générale du spectacle de Dita von Teese, quand la reine du Burlesque répondait au téléphone sur scène en s'écriant : « Wrong number », avant de raccrocher. La direction avait tancé le directeur artistique et prié Octave de déguerpir sur-le-champ.

Octave ne scintille plus que par intermittences ; il clignote comme un feu en panne à un carrefour, un feu inutile qui signifie : ralentir. Il a eu sa chance, son heure d'apothéose, mais elle est derrière lui. Tout de même, on a fait deux films sur Octave. « They had made a movie about us », écrit Bret Easton Ellis dans *Suites impériales*. Octave pourrait se vanter : « They had made two movies about me ! » Mais cette gloire passée ne lui rapporte rien.

Il ne va tout de même pas visionner ses DVD en boucle toute la journée. Alors il penche la tête vers le ventilateur pour être décoiffé.

Il est contraint d'avancer comme tout le monde, et passé la cinquantaine, avancer c'est diminuer, rétrécir, se faner. Octave a beau jouer les fiers-à-bras, on voit bien qu'il n'est plus que l'ombre de lui-même. Il n'a pas tenu les promesses de ses vingt ans. Il s'est contenté de dilapider ses réserves, puis de vivre à crédit comme tous les pays riches. Jeune, il était l'homo festivus de Philippe Muray, ou alors l'hédoniste matérialiste, utopie ultime de Michel Onfray. Il s'adulait en hyperindividu consommateur, lucide sur son impuissance et confit dans son arrogance. Le mondialiste jouisseur a tourné au mendiant saltimbanque. Octave s'est cru oligarque alors qu'il n'a jamais été que leur valet. Rappelons qu'Octave est l'inventeur de l'expression « en bad ». Auparavant l'on disait « j'ai fait un bad trip », Octave a proposé « je suis en bad » à l'acteur qui jouait son rôle. C'est son principal apport à l'idiome national. S'il entre un jour à l'Académie, ce sera pour cette trouvaille.

Il maigrit à vue d'œil. Ses pantalons sont trop larges, ses vestes flottent sur ses épaules. Il ne vieillit pas : il fond comme un bonhomme de neige au printemps. Ses tempes sont perlées de sueur, sa barbe sent le poulet du déjeuner, et au lieu de se laver les dents, il effectue des gargarismes de Get 27. De temps à autre, au milieu de toute cette frénésie, passe comme un voile de chagrin sur le visage d'Octave, un désespoir furtif qu'il efface vite d'un éclat de rire sonore. Le rire d'Octave est l'équivalent des rires enregistrés dans les sitcoms américaines ; sa méthode Coué pour que les choses s'arrangent.

Octave a remis des lunettes à monture épaisse. Il avait réussi à se débarrasser de la myopie pendant vingt ans grâce à une incision au laser dans les rétines, mais le temps a fait son office et la presbytie l'a contraint à remettre des Moscot imitation écaille de tortue pour lire le menu des cocktails du Crazy Horse Saloon. Le barman ne sert pas de gin-tonics, attention, il pratique le « liquid art ». Chaque verre est une création sur mesure. Octave va devoir le supplier pour ne pas goûter à ses mixtures au romarin et au poivron.

Il ne sait plus très bien pourquoi il veut faire l'amour. Il n'est même plus certain d'en avoir envie. Depuis sa naissance, on lui a enseigné que la baise faisait le bonheur, alors il a fait de son mieux pour participer. Il a eu accès au spa porno permanent. À Moscou, sa vie a parfois ressemblé à un film X, certaines nuits, dans un jacuzzi ou sur un rooftop, avec squirts de fentes glabres, visages angéliques qui geignent et langues percées/dos arqués/pieds maquillés/clitos érectiles/doigts mordus/traces de lipstick sur le pénis/cheveux enroulés autour du gland/sperme onctueux qui gicle sur des paupières closes et des dents blanches. Mais il est rentré en France plus vieux et plus fatigué. Et il doit faire de nouveau face à son insatisfaction originelle, obligatoire et permanente. Il note dans son carnet un début de chronique sur la masculinité toxique.

— Je suis un mâle blanc hétérosexuel, oui je suis une sous-merde qui se prend pour Dieu, je veux sauter toutes les femmes alors que le patriarcat se meurt. Tout homme est forgé par la somme des rejets de femmes. Nous sommes une liste de négations féminines, une addition de fins de non-recevoir. D'avoir surmonté les refus de femmes est ce qui nous définit. Nous tenons notre force de toutes les insistances vaines, les tentatives ratées, les supplications inutiles, notre amour-propre résulte de tous les échecs digérés, et notre fierté de toutes les humiliations surmontées. L'obligation parfaitement légitime et indispensable de demander clairement le consentement de chaque femme avant chaque geste érotique place l'homme en permanence et à chaque étape dans la situation du fiancé en jaquette trois-pièces qui passe devant un maire à écharpe tricolore.

— Mademoiselle Estelle Marivaux, acceptez-vous d'embrasser Octave Parango ici présent ?

— Oui.

— Mademoiselle Olivia du Deffand, acceptez-vous d'être serrée contre Octave Parango et le mur de cette discothèque ?

— Non, en mon âme et conscience.

— Mademoiselle Caroline de Tourvel, acceptez-vous de prendre en bouche Octave Parango jusqu'à jouissance profonde avec cheveux tirés très fort sans la moindre gentillesse ?

— À condition qu'il me lèche simultanément dans la position tête-bêche – surnommée le 69 – jusqu'à éjaculation de cyprine sur sa langue et dans sa barbe.

— Mademoiselle Ophélie Choderlos, avec tout le respect qu'il doit à votre intégrité corporelle, serait-il possible qu'Octave la bafoue totalement avec votre accord provisoire ?

— Euh… Joker ?

Le jour où Octave est entré chez Lidl, le visage caché dans un foulard, pour acheter des produits de marques délivrées de l'oppression publicitaire, il a compris que quelque chose avait changé. Les produits n'étaient plus mis en valeur mais entassés dans leurs cageots et cartons. Il y avait peu de choix, presque aucun employé. La plupart des marques étaient inconnues : la mozzarella Lovilio, le papier toilette Floralys, le saucisson Saint Alby, les yaourts Envia et les glaces Gelatelli… La chaîne allemande Lidl est la preuve que la société de consommation des années 1950-2000 est en train de crever. Les clients se fichent du logo du produit, du moment qu'il est vendu 1 euro. Ils ne consomment plus par plaisir ostentatoire ou servilité à la pub mais uniquement pour survivre. Tu sais que t'es pauvre quand tes pulls ne sont plus siglés Éric Bompard mais Massimo Dutti, et que tu manges des yaourts ayant dépassé de deux semaines la date limite de fraîcheur.

Le problème d'Octave est que personne sur terre n'arrive à le considérer comme une victime. Il voudrait se plaindre comme tout le monde, mais personne ne l'écoute. Or il est quintuplement victime.

Victime de siècles de patriarcat qui ont donné de la masculinité une image merdique de gros dégueulasses érectiles et dominateurs.

Victime (et complice) de la société de communication qui l'a transformé en zombie obéissant servilement à l'injonction du luxe et du désir sexuel de modèles irréels.

Victime (et collabo) des médias qui l'ont forcé à une compétition de célébrité à laquelle son narcissisme infantile ne pouvait pas résister.

Victime de son milieu bourgeois qui l'a drogué au matérialisme, au prix de la destruction de la nature, de la vie animale et de toute profondeur mentale.

Et à présent il est trop tard : il sera bientôt, comme tout le monde, victime de la fin de l'humanité, imminente et méritée.

Cette tentative de victimisation d'un coupable est rigoureusement indiffusable en prime-time sur France Publique. Octave chiffonne son papier une fois de plus et vise le seau à champagne. Sa boule tombe à côté, comme quand Lionel Jospin a joué au basket avec une corbeille à papier en s'écriant : « Si je l'ai, je suis président. »

3.

Dea n'a pas répondu à son message. Il attend que la lumière s'éteigne pour savoir si elle sera sur scène. Dea est mariée : c'est ce qui lui a plu. Depuis quelque temps, Octave ne s'intéresse qu'aux femmes mariées. Il engrange des bribes de bonheur sans projets matrimoniaux, du plaisir sans construire, du sexe sans conjugalité. « Si les maris savaient combien de mariages j'ai sauvés, ils n'auraient plus envie de me tuer », dit-il à ses amis célibataires. Et aussi : « Les femmes mariées sont plus que des femmes : ce sont des âmes pures au corps délaissé, des cœurs assoiffés de caresses, des princesses qui n'ont renoncé ni au conte de fées, ni à la pornographie. » Octave n'est pas un tombeur mais un homme tombé. Il chute aux pieds de ces épouses terrorisées à l'idée qu'il ne leur arrive plus rien d'érotique. Alors il leur arrive Octave : pire que le vide. Certains hommes demandent aux jeunes filles leur pièce d'identité pour ne pas être accusés de détournement de mineures ; Octave ne couche que sur présentation du livret de famille. Pour obtenir du sexe régulier, il faut coucher avec des épouses, ce sont les moins compliquées et les plus avides. Octave commet souvent le péché mortel qui désobéit au dixième commandement : « Tu ne convoiteras pas la femme d'un autre. » La punition d'Octave est d'habiter en enfer de son vivant : aux Champs-Élyséens, tu brûleras pour les siècles des siècles.

À la radio, Octave a trouvé une seule idée qui marche depuis trois ans : il commence chaque chronique en disant « bonsoir ». À 8 h 55 du matin. C'est simple, idiot, efficace. Ensuite il débite à peu près tout ce qui lui passe par la tête, impunément. Octave contemple la montée de la haine et des eaux. Il sait ce qu'il va écrire pour demain matin : une chronique sur les gilets fluos vus par un privilégié.

Dans la plupart des pays du monde, l'injustice sociale est infiniment plus criante qu'en France et les peuples ferment leurs bouches « sans dents ». Au Maroc, les palais des mille et une nuits en dentelle de marbre côtoient la misère la plus odieuse et ceci en toute quiétude. En Russie, l'oligarchie s'éclate la panse de caviar et de putes sans la moindre protestation d'un peuple fataliste. Certes ces pays ne sont pas des démocraties. La France a la faiblesse d'accorder aux défavorisés le droit de se plaindre. Mais ce luxe nommé liberté d'expression est en péril dans tous les pays occidentaux, depuis que les citoyens ont été remplacés par des consommateurs et les journalistes par des mythomanes. Octave en a marre des débats stériles sur le partage des richesses. Il hait l'hyper-individualisme autant que Julien Coupat mais cela ne l'empêche pas de picoler tout seul au sous-sol du Crazy. De même, les gilets anti-mondialisation se donnent rendez-vous grâce à Facebook, la firme la plus globalisée de la Silicon Valley. De toute façon, une dictature illibérale mettra bientôt un point final à ces perpétuels dialogues de sourds, ainsi qu'à tous ses plaisirs blasés. La démocratie doit mourir car elle a échoué. Octave figurera parmi les premières personnalités exécutées par la masse plébéienne. En attendant ce jour béni, les gaz lacrymogènes ont au moins le mérite de faire sangloter les serveurs du Crazy Horse quand ils reviennent de leur pause clope, eux d'habitude si imperméables aux émotions. Octave serait bien incapable de faire comprendre aux black blocs qu'il a lui aussi tout perdu, qu'il s'est toujours arrangé pour ne pas payer les jéroboams à étincelles dans les carrés VIP, qu'il est un parasite mondain et non un symbole de l'aristocratie (ou alors déchue), qu'il a soutenu le candidat communiste en 2002 et qu'il admire leur courage physique. Trempés de la tête aux pieds par les canons à eau froide de la police, en plein hiver, puis gazés en tirs tendus, éborgnés à coups de flash-balls et matraqués au sol, les jeunes continuent de scander des slogans rigolos comme

« Macron t'es foutu, les Tuche sont dans la rue » tout en fracassant les abribus avec des bouteilles volées au Monoprix des Champs. Ils sont aussi schizophrènes qu'Octave quand ils taguent « À bas l'État » en réclamant à l'État des augmentations salariales. Le rire d'Octave est jaune comme les gilets des contestataires. Quand les punks à dreadlocks s'amusent à casser du nouveau riche, il ne peut qu'applaudir. Ce conflit, c'est la victoire de « Burning Man » sur « Fuck Me I'm Famous » ; c'est Patrick Bateman mis K.-O. par Vernon Subutex.

Relisant ses notes, il se dit que non, pareille chronique est encore imprononçable sur France Publique. Octave soupire de dépit. Heureusement, la lumière se tamise et le rideau s'éclaire. La voix d'Eartha Kitt chante « Take My Love ». Les danseuses se suivent en playback, dans des postures militaires ; elles portent les chapeaux poilus des Horse Guards de Buckingham Palace et glissent sur un tapis roulant. Leurs corps parfaits n'ont rien d'obscène. Le spectacle du Crazy Horse est une anomalie esthétique et asexuée. Il n'attire plus que des cars de touristes asiatiques. Un enfant de dix ans voit plus de nichons sur l'ordinateur parental tous les jours. Octave aime cet endroit par pure nostalgie de l'ancien monde. Il se souvient du mariage d'Alain Bernardin avec Lova Moor : une fête kitsch à Louveciennes en 1985 avec Philippe Junot, Jean

Castel, Mireille Darc et le sculpteur César… Avec sa bande du Caca's Club, Octave avait infiltré la soirée sans invitation. Ils avaient fini par porter la mariée en triomphe sur leurs épaules dans une maison aux murs multicolores, qui ressemblait à la Playboy Mansion. Avec sa vie débridée, le fondateur du Crazy risquerait aujourd'hui la garde à vue tous les soirs. Octave songe à une chronique post #MeToo qui pourrait s'intituler, en hommage à François Furet, « Le passé d'une domination ». Puis il n'y songe plus car Dea entre en scène.

1 heure du matin

« L'Histoire se répète tout d'abord comme une tragédie, après comme une farce. »

Karl Marx

1.

Le silence se fait aussitôt. Dea se tient droite, le menton haut, le cou long. C'est une danseuse de formation classique, avec une démarche orgueilleuse, un port de tête qui ne trompe pas. Son nez retroussé, en forme de piste de saut à ski, rappelle celui de Sylvie Guillem. Ses cheveux hésitent entre le rouge et le noir.

— It's a small step for a man but a giant step for a mannequin, note Octave sur sa main.

Un cliché serait de dire que son allure impose le respect. C'est plutôt que la honte change de camp. Le public est gêné d'avoir le droit de regarder cette Reine. Quand on contemple Dea nue sur cette scène, on a envie de demander pardon d'être un homme faible et répugnant, pardon pour les millénaires de vulgarité, pardon de n'avoir jamais été à la hauteur de la Femme. Le corps de Dea soumet le patriarcat. Sa nudité n'est pas une infériorité mais une gloire, comme ces ciels nuageux qui soudain s'entrouvrent pour laisser filtrer un rayon de la lumière divine. Cette déesse offre sa beauté en cadeau avec assurance et mépris. Les clients attablés devant elle semblent se prosterner aux pieds d'une idole. Le Crazy Horse n'est plus un cabaret de vieux dégueulasses fondé par un érotomane : c'est une secte réunie pour célébrer un culte post-apocalyptique, vénérer l'Ange de la Réconciliation au Milieu du Chaos. Octave est athée mais il voit bien que Dieu passe son temps à essayer de le convaincre de son existence. Il a littéralement le souffle coupé à chaque fois qu'il revoit Dea, depuis le jour de leur rencontre. Il pleure de gratitude. Il cesse de bomber le torse pour étouffer d'asthme. Dea correspond en tout point à l'adjectif « radieuse ». Octave ressent dans sa chair cette vérité que les libertins connaissent tous depuis le vicomte de Valmont : les êtres les plus excitants sont ceux qui ne sont pas disponibles.

Devant cette apparition sainte, Octave vit un enfer élyséen. Dea est mannequin à ses heures perdues, mais il ne l'a pas connue dans un cadre professionnel, c'est plus banal : il l'a croisée dans son club de gym. Il ne s'est jamais senti aussi timide qu'en la découvrant en short éponge turquoise. Elle se tenait droite devant un miroir, les seins fiers sous son débardeur blanc, séchant ses cheveux mouillés avec une serviette rose. Octave était allongé sur une chaise longue en train de récupérer après une heure de vélo sur place. Dans un film, l'image serait au ralenti. Elle a tourné lentement la tête vers lui, et lui a souri. Octave n'a jamais su si elle lui souriait à lui, ou si elle était simplement bien dans sa peau au sortir de sa douche. Il s'est senti paralysé, ébloui. Il a essayé vainement de ne pas rougir. Il aurait bien voulu fermer sa bouche, mais ce geste était au-dessus de ses forces. Il reverra cette image toute sa vie comme un événement tragique et splendide. Il l'admire depuis cet instant. Octave n'étant pas inscrit sur les réseaux sociaux, sa seule chance de revoir cette beauté a consisté à revenir toutes les semaines au même horaire, dans ce club de gym sordide. Dea était toujours présente : sa merveilleuse souffrance hebdomadaire. Son fardeau exquis du jeudi après-midi. Mais il était paralysé, il n'osait lui parler, il se trouvait trop vieux et rachitique. Au bout d'un mois d'un silence qu'Octave prenait pour de l'indifférence, Dea a daigné l'approcher. S'est accroupie à sa droite, alors qu'Octave récupérait sur un matelas mouillé. Elle avait exactement le timbre de voix qu'il espérait. Grave et curieux. Elle pratiquait le yoga tantrique et la méditation zen. Elle était vegan et n'avait jamais pris de drogue de sa vie. En son for intérieur, Octave était infiniment déstabilisé car il se sentait sauvé. Il bredouilla : « Vous n'avez rien de moche, c'est affreux. »

— As-tu essayé la méditation ? répondit Dea.

— Non… ça se voit tellement que je suis stressé ?

Elle lui a pris la main pour tenter de le calmer. Son cœur battait très fort, elle pouvait l'entendre à trois mètres comme la grosse caisse de Cerrone dans « Give Me Love ». Dea lui a conseillé d'allonger ses jambes.

— Ferme les yeux et respire profondément. Essaie de te concentrer sur ton corps. Tu vas faire un scan corporel de bas en haut. Aie de la gratitude pour chaque partie de toi. Dis merci à tes pieds, tes mollets, tes hanches…

Les paupières closes, Octave essayait de ne pas rigoler.

— Je ressens surtout de la gratitude pour ton corps à toi.

— Lâche prise. Accepte la vie. Visualise un lac lisse.

— Je vois ta nuque. Oh : un homme la mord. Et si c'était moi ?

— Ne te laisse pas troubler par tes désirs superficiels. Chasse leur emprise. Crée une bulle de bienfaisance. Accepte cette paix.

— Mon désir est bienveillant.

— Fais un effort, la méditation est une victoire sur nos frustrations.

— Je ne suis pas frustré, je suis attiré – c'est pire.

— Tu ne m'aides pas. Détends-toi, respire. La méditation doit te libérer de tes obsessions. Sers-toi de tes sens.

— Je ne fais que ça. Je hume ta chevelure, je frôle ta paume. Ta voix caresse mon tympan. Tous mes sens sont en alerte de toi.

— OK laisse tomber, tu es inapte au zen.

Octave avait exagéré une fois de plus. Il voulait que ce moment dure toujours. D'ailleurs, il dure toujours. Octave est encore assis là-bas, dans cette salle de gym puant la transpiration, et Dea se confie en se contorsionnant, elle lui parle de ses cours de danse en accomplissant ses exercices de Pilates, elle lui raconte ses fugues d'adolescente corse en position du chien tête en bas puis dans celle de la planche ou du guerrier, et il la regarde avec un sourire béat, et il est heureux. État qui ne disparaîtra jamais. C'est Dea qui lui a donné l'idée du spa auditif. Elle lui voulait du bien, il en a fait une blague radiophonique.

— Pourquoi cherches-tu à vivre comme avant, lui avait dit Dea, alors que personne ne vivra jamais comme avant ? Le passé est le passé, accepte-le et tu iras beaucoup mieux…

Quoi qu'il arrive, il sera éternellement sur un tapis de yoga avec Dea. Il est assis dans un fauteuil du Crazy Horse, elle bouge devant lui, ses cuisses rayées par des lasers, seins nus harnachés de cuir dont la sueur brille mais le temps et l'espace n'existent pas : il est tétanisé comme lors de leur première rencontre. Pas de doute : Octave n'a pas réussi à se retenir de vouloir Dea aux grains de beauté saupoudrés sur la peau comme des graines de poivre. Dea c'est une intelligence au nombril rond, aux pieds fins, aux fesses convexes, aux yeux émeraude. Elle comprend tout, sent tout, devine ce qu'il cache. Elle se méfie d'Octave qui l'a désirée trop vite. Elle a senti qu'il se mentait depuis toujours. Elle le connaît et le comprend. Elle le cerne, l'évite, mais il l'amuse, le pauvre.

Il est sans doute utile de préciser ici à nos lecteurs pourquoi Octave est convaincu qu'il a emménagé en enfer. C'est qu'aussi désuet et surprenant que cela puisse paraître, Dea est irrévocablement, indéfectiblement, irrémédiablement, épouvantablement fidèle à son mari.

2.

Soudain Dea arrête de danser. Elle prend un micro et annonce que l'ensemble des danseuses du Crazy Horse Saloon entame un mouvement de grève illimitée.

— Nous demandons à la direction de modifier nos CDD en CDI. Nous sommes payées 170 euro net par représentation, avec deux spectacles par soirée, sans la moindre sécurité de l'emploi : ce n'est plus acceptable. Nous demandons la suppression de la règle de la « pesée » hebdomadaire ainsi que la revalorisation de nos cachets. Le spectacle est interrompu, bonsoir.

Parce que la Louise Michel du Crazy a des seins ronds et blancs aux bouts rose pâle, les touristes chinois croient à une plaisanterie et s'esclaffent pendant que le rideau se referme mais Octave sait que Dea est sérieuse. Elle lui a déjà raconté le rituel de la pesée. Le poids des danseuses du Crazy est vérifié chaque semaine par l'établissement. Si une danseuse perd ou gagne deux kilos, son engagement est remis en question. Pour que toutes les filles mesurent la même taille, on les chausse de talons de différentes hauteurs. Octave comprend mieux pourquoi Dea ne répondait pas à ses messages. L'insurrection qui saisit la France ne s'est pas arrêtée aux portes du Salon du Cheval Fou. Octave se demande pourquoi les danseuses n'ont pas inclus la suppression du test du crayon et de la règle du triangle isocèle dans leurs revendications. La direction glisse toujours un crayon sous les seins des danseuses. Si le crayon tient sous la poitrine, le licenciement approche. Et la distance entre les deux tétons est mesurée attentivement avec un double décimètre : elle doit être égale à la distance entre le téton et le nombril (21 cm entre les tétons, 11 cm entre nombril et pubis). Si ce triangle formé par les deux tétons et le nombril n'est pas isocèle, les candidates ne sont pas embauchées. « Le Crazy Horse est un marché aux bestiaux », dit souvent Dea. Octave (qui est en CDD renouvelable depuis trois ans sur France Publique) lui répond que tous les castings des défilés de mode sont des exercices d'humiliation publique. « T'as pas lu *L'Idéal* ? C'est tout le système *fashiste* qu'il faudrait réformer. » Mais Octave sait bien qu'il aurait du mal à se passer de ces codes : les jambes qui doivent toujours mesurer les deux tiers du corps, les ventres plats, les seins hauts, les pommettes symétriques sont sa dictature bénie. La lumière se rallume et cette fois les clients protestent pour de bon. Le brouhaha amplifie jusqu'à la sortie. Octave se rue vers les loges pour féliciter Dea, la révolutionnaire en cuissardes. Ce soir, il a compris que ce principe (payer pour voir des femmes se déshabiller) symbolise un siècle révolu. Ce temple né en 1951 ne survivra pas longtemps au monde nouveau. Il lui rappelle sa dernière visite à l'Élysée. Octave grenouille trop dans les lieux du pouvoir du 8e arrondissement.

3.

Le gravier crissait sous ses mocassins dans la cour du Palais. On marche rarement sur du gravier à Paris, quand on se rend à un cocktail. C'est bien dommage car ce bruit est agréable à l'oreille, surtout quand le ciel est bleu et qu'on vient de franchir trois contrôles derrière des barrières, des plots en métal et des camions de policiers armés jusqu'aux dents. Par prudence, Octave avait mis un costume bleu, une chemise bleue, une cravate bleue, des chaussures bleues. Il s'était déguisé en Jean d'Ormesson pour aller à la cérémonie de remise de la Légion d'honneur de Michel Houellebecq par le président de la République. Il était dix-huit heures et il venait d'envoyer un message à *Charlie Hebdo* pour savoir si un reportage gonzo chez Emmanuel et Brigitte Macron intéressait l'hebdomadaire. La réponse était oui. Il se sentait fichtrement « embedded ». Une sorte d'espion mondain, voilà ce qu'Octave aura été toute sa vie. Une balance en costard cravate, guidée en haut du perron par un huissier avec une chaîne en or. Un lanceur d'alerte qu'on accompagnait jusqu'au jardin pour lui proposer le choix entre un verre d'eau plate et un verre d'eau pétillante. Pour déconner, il avait demandé au maître d'hôtel un gin-tonic. L'homme n'avait même pas souri. « Il y aura du champagne après le discours. » Octave fut rassuré : la France évite de saouler les citoyens avant les discours présidentiels. Le parc de l'Élysée était immense, avec sa fontaine au loin. Ce sont ces petits détails qui font la douceur de vivre au pays de LVMH : du gravier qui crisse sous la semelle, un jet d'eau qui chuinte, des merles qui pépient, un jardin fleuri de tulipes rouges et de jonquilles blanches, des buis taillés au cordeau, enfin, merde, Octave comprenait pourquoi tant de types se battaient pour habiter ce château. Il était descendu dans ce parc immense aux chênes intimidants. Il aurait pu se déshabiller et se rouler nu sur la pelouse comme un hippie à Woodstock : par un temps aussi radieux, c'eût été la meilleure chose à faire. Il ne le fit pas par respect des codes de la bienséance. Octave avait demandé à Jean-Louis Aubert s'il avait la Légion d'honneur, le chanteur de Téléphone avait répondu que non. « Mais j'ai déjà fumé un joint dans les toilettes ici. C'était sous François Mitterrand, avec Coluche. » Quand on est une rock star, fumer un pétard dans les chiottes de l'Élysée est l'équivalent de la plus haute décoration française. Nicolas Sarkozy était présent, sans Carla. Il appelait le maître d'hôtel par son prénom : « Ça va Joseph ? » Il broya la main d'Octave. C'était dingue de mettre autant d'énergie à serrer les mains. Octave avait envie de geindre tant ses phalanges étaient meurtries, mais il grimaça à peine. Dans les hautes sphères, il faut faire semblant que tout va bien alors qu'on souffre atrocement. C'est ainsi que la fréquentation du pouvoir transforme les rebelles cyniques en flatteurs onctueux. Oh, je sais ce que vous pensez : Octave n'aurait pas dû serrer la main de Sarko, il aurait dû porter un cardigan fluorescent et appeler à la révolution. Mais Parango n'est ni François Bégaudeau, ni Juan Branco. Il n'est plus aussi communiste qu'en 2002, même s'il reste le seul chroniqueur du *Figaro Magazine* capable de publier des reportages dans *Charlie Hebdo*. Le tapis de la salle de réception était une œuvre d'art contemporaine, il marchait sur des lignes parallèles multicolores. Le découvrant, Teresa Cremisi s'écria : « Ah ? Il était pas là celui-là, la dernière fois ! » Octave avait demandé à l'ancien président si ce tapis disco était déjà présent à son époque, Sarkozy lui avait répondu que non. « La déco a été modernisée récemment. » Les tentures rouges avaient été remplacées par de la peinture grise et blanche, comme dans le grand flagship Dior de la rue François Ier. Les invités défilaient comme dans une collection printemps-été, ils marchaient jusqu'au mur avant de faire demi-tour en souriant. Nicolas Sarkozy avait salué Bruno Le Maire, le ministre de l'Économie et des Finances : « Tu vas bien ? Ah ben oui, tu vas baisser les impôts donc ça va. » Puis ils s'étaient éloignés dans un coin pour causer sans qu'Octave puisse les enregistrer comme Patrick Buisson. Beaucoup d'anciens ministres de l'Économie étaient devenus présidents : Giscard, Sarkozy, Macron... Bruno Le Maire semblait au courant de la filière.

Octave était venu soutenir Michel Houellebecq dans cette épreuve terrible qui consiste à accepter une médaille républicaine. Ce n'est pas évident : il faut se laver les cheveux, mettre une cravate, écouter les compliments sans se décomposer en public. Michel déambulait avec la nonchalance qui le caractérise, accompagné de son épouse Lysis. Elle portait une robe jaune transparente. Les rayons du soleil dévoilaient ses jambes à travers le tissu, ainsi que son soutien-gorge également translucide. Aubert lui affirma qu'elle ressemblait à une fée ou une princesse. Elle rétorqua : « Merci, toi aussi. » Octave manqua de s'étrangler avec son verre d'eau minérale glacée. Enfin l'on passa aux choses sérieuses : un homme en costume cravate pria tous les invités de rentrer dans la salle au tapis géométrique, puis un garde républicain cria « Monsieur le Président de la République » et tout le monde se mit au garde-à-vous. Les convives formaient un demi-cercle devant le pupitre du PR, en attendant l'entrée du Roi. Octave était épaté par la coolitude de ce blondinet que des millions de Français voulaient décapiter. Son discours avait consisté en une longue tentative de déminage de toutes les éventuelles polémiques concernant cette distinction d'un romancier taxé de misogynie, de déclinisme et d'islamophobie par un chef d'État féministe, progressiste et antiraciste. En regardant Emmanuel Macron, bronzé, svelte et relax parler de littérature, aussi à l'aise que dans un grand débat de sept heures à Grand Bourgtheroulde, Octave s'était dit qu'il eût mérité d'intégrer Normale sup au lieu d'entrer à l'ENA avant de supprimer cette école. L'angle choisi était malin : insister sur le romantisme de l'auteur de *Soumission* pour compenser son caractère réactionnaire. Il aurait pu s'appuyer aussi sur l'humour houellebecquien pour faire passer la pilule. L'humour de droite n'est pas la politesse du désespoir mais l'excuse du pessimisme. Octave ignorait le nom du conseiller qui avait rédigé ce discours mais il n'y avait pas songé : la satire excuse bien des dérapages, ce n'est pas dans ce roman qu'on affirmera le contraire. « Vous êtes une Madame de Staël fatiguée » est la vanne qui avait le plus fait glousser l'assistance ainsi que l'écrivain dépressif. En tant que disciple du lauréat, Octave se réjouissait du couronnement de ce mouvement littéraire que Jean-Philippe Domecq avait nommé le « glauquisme » dans un article du *Monde* publié le jour même. En cherchant à disqualifier la littérature de caniveau, Domecq l'avait baptisée, comme Bernard Frank qui a créé le mouvement des « Hussards » en voulant les ostraciser, dans *Les Temps modernes*, en 1952. Les romanciers glauques (ou glauquistes) nous libèrent de l'oppression des bons sentiments sirupeux sur la littérature. Le glauquisme est l'équivalent au XXIe siècle du « décadentisme » tant honni à la fin du XIXe. Il faut imaginer Huysmans à l'Élysée, caressant le chien du président, avant d'entrer dans les ordres. Octave se saoulant sur la pelouse, avec sa barbe poivre et sel, ses cheveux longs, son costume trois-pièces, emprunterait la pose du Sar Péladan.

Après le discours, des coupes de champagne rosé furent enfin servies sur la terrasse. Octave en avait profité pour se glisser habilement entre Alain Finkielkraut et François Samuelson, tel un courtisan toréador, afin de se rapprocher du chef de l'État. Il voulait souffler une idée au président qui pouvait lui permettre de sauver la France ainsi que la face. Il manquait à Emmanuel Macron une grande réforme de société. Tous les présidents ont imposé la leur, et c'est généralement la seule chose positive que l'on retient de leur séjour au 55, faubourg Saint-Honoré : Giscard ce fut la légalisation de l'avortement, Mitterrand l'abolition de la peine de mort, Chirac la suppression du service militaire,

Sarkozy la disparition de la pub sur la télé publique, Hollande le mariage gay. Octave s'était lancé :

— Monsieur le Président, il y a une mesure qui ferait rentrer beaucoup d'argent dans les caisses de l'État, tout en apaisant les souffrances du peuple français.

Au-dessus de l'œil bleu d'Emmanuel Macron, son sourcil gauche avait dessiné un accent circonflexe.

— Ah bon ? Et quelle est-elle ?

— Jeudi prochain, quand vous prendrez la parole, dites que vous légalisez le cannabis.

Le jeune président avait eu un mouvement de recul comme si Octave passait du statut d'écrivain élitiste à rastaman à dreadlocks, mais il avait pris le temps de lui répondre.

— Je n'y suis pas favorable, pour deux raisons : d'abord les trafiquants passeront aux drogues dures, ensuite le cannabis ramollit le cerveau des enfants.

— Avec tout le respect que je vous dois, Monsieur le Président, les enfants n'ont plus de cerveau depuis la création de Facebook. Quant aux dealers, il suffit qu'ils ouvrent des magasins. Les Américains l'ont fait, les Canadiens aussi, les Israéliens et les Hollandais aussi, pourquoi pas nous ?

Mais le président lui avait tourné le dos, il évoquait la suppression du baccalauréat avec Finkielkraut, c'était foutu, Octave était grillé, zappé, devenu un paria, il n'avait plus qu'à aller se suicider dans un bureau obscur comme François de Grossouvre. Afin de lui remonter le moral, la première dame avait proposé de lui faire visiter l'aile privée, côté rue de l'Élysée. Il en avait retenu surtout le salon dessiné by Pierre Paulin qui évoquait la salle des commandes du vaisseau *Enterprise* dans Star Trek, et les WC analogues à une cabine de yacht en acajou. Brigitte Macron avait affirmé que le président Trump n'avait pas réussi à trouver la chasse d'eau ; Octave n'avait pas cherché à savoir comment elle s'en était aperçue. Marin de Viry faisait craquer le parquet avec ses Church's en se demandant pourquoi Octave était invité au même cocktail que lui. On aurait dit un albatros loufoque devant un goéland mazouté. Octave décida de snober son dîner avec Michel Houellebecq au Jockey Club, par fidélité au Travellers qui, lui, tolère les roturiers en phase de clochardisation. Dans un pays en perte de repères, il faut savoir choisir son camp : les aristos désargentés rue Rabelais, les bourgeois démunis aux Champs-Élysées. Nos malheurs sont cousins mais n'effaceront jamais des siècles de mépris réciproque.

2 heures du matin

« Vous comprenez maintenant d'où vient que je sois plus triste que tous les noceurs réunis ? Plus léger que tous les crétins de la terre, mais plus sombre aussi que le plus noir des cacas ? »

Vénédict Erofeiev, *Moscou-sur-Vodka*, 1969.

1.

Le vigile à l'entrée des loges m'a barré la route. « Au Crazy, jamais de contact entre les danseuses et les clients. » J'ai compris que Dea s'était enfuie par la sortie secrète qu'Alain Bernardin empruntait pour échapper à ses épouses. J'ai ramassé mon cœur piétiné sur la moquette noire et suis ressorti sur l'avenue George V. Plus haut, vers le Four Seasons, on entendait les détonations de la lutte finale. Les éclats de verre des vitrines brisées réfléchissaient la lumière des lampadaires comme un collier de diamants arraché à la gorge d'une ballerine. Une fois de plus, mon désir était ghosté. Je haïssais beaucoup la décennie qui commençait. Je commençais à ne plus retrouver mon chemin. Les Russes parlent de « crétinisme topographique » depuis le narrateur intoxiqué de *Moscou-sur-Vodka* de Vénédict Erofeiev, qui ne trouve jamais le Kremlin (plus il boit, plus il se réveille dans une cage d'escalier inconnue). Je suis comme lui : chaque fois que je cherche les studios de France Publique, je me retrouve au pied de l'hideuse flamme dorée de l'Alma, entouré de touristes nécrophiles qui prennent des photos du lieu où Diana Spencer fut broyée vivante. Je commence à me sentir tout mou. C'est bizarre cette impression de *boiter des deux jambes*. J'ai envie de m'asseoir par terre mais je crains de ne plus pouvoir me relever. Le marchand de sable est passé me livrer sa cargaison illicite ; il flippait à cause des camions de police mais je lui ai expliqué qu'ils avaient d'autres priorités ce soir, comme sauver la République française. Une odeur de sièges en cuir calcinés flotte sur la place. Des explosions font vibrer le sol par intermittences comme, autrefois, les morceaux de Prodigy sur le chantier de l'autoroute de la Défense, lors des raves sauvages de Pat Cash.

Pat Cash se nomme désormais Uri, il porte une barbe, un chapeau noir et étudie le Talmud et la Torah dans une yeshivah en Israël. Le mouvement naturel de l'âge explique que tous les branchés des années 1990 se soient mués en conservateurs dans les années 2020. Ce sont les mêmes personnes avec trente ans de plus : ces trois décennies passées à critiquer la société de consommation tout en se gobergeant aux frais de la dette publique les ont rendus allergiques au changement. À vingt ans, le futur est un océan inconnu et fascinant ; à cinquante ans, ce sont des zadistes à cagoule, des guéguerres de hashtags ou encore la bagarre de flacons « Allure » de Chanel entre Booba et Kaaris au duty-free d'Orly-Ouest. On n'y comprend plus rien. Il faut imaginer le fêtard le plus fatigué de Paris avec de l'hypertension, un diabète de type 2 et de l'arthrose aux phalanges, pestant contre les toilettes non genrées des Galeries Lafayette (« Les hommes et les femmes peuvent-ils être différents sans se déclarer la guerre ? »).

Mes cheveux longs cachent mon front, ma barbe couvre mon menton en galoche. Mes sourcils sont broussailleux, mes yeux enfoncés dans leurs orbites cernées, ma bouche trop fine, mes dents en céramique et mes oreilles velues comme celles d'un hobbit ; en fait je ne suis qu'un nez. Quand on me croise sur les Champs-Élysées, on aperçoit d'abord mon nez, qui dépasse d'une touffe de poils et de cheveux, posée sur un long échalas sans muscles enroulé dans de la vigogne mitée. Sur l'avenue Montaigne flânent devant les boutiques fermées quelques Saoudiens à oreillette et leurs escorts emperlousées qui pressent le pas vers le Plaza Athénée. Et mon nez slalome entre les putes en trottinette. Les acteurs qui ont interprété mon rôle au cinéma étaient beaucoup trop beaux. Je suis entouré de cailleras cagoulées et de vitrines saccagées, j'enjambe les SDF et les décombres. J'évite l'avenue Marceau, je passe par les petites rues pour aller du Crazy à l'Arc où j'ai rendez-vous, mais je me tiens droit car je suis le seul passant qui ne regarde pas son iPhone 52.

2.

Je perds la mémoire des visages mais mon corps se souvient des lieux. Ce que j'aime dans le quartier des Champs-Élysées, c'est que tout y est clinquant, bidon et scintillant. C'est précisément pourquoi le peuple veut foutre le feu à cette avenue. Les lieux de dépravation les plus ultralibéraux ont toujours été installés dans ce périmètre. Régine, le Mathis Bar et le Studio A rue de Ponthieu, l'Élysée Matignon et le Safari avenue Matignon, l'Apocalypse rue du Colisée, l'Apoplexy rue François Ier, le 78 et le Central devenu le Queen au 102 avenue des Champs, le Keur Samba rue La Boétie, le Raspoutine rue de Bassano, la Piscine rue de Tilsitt, le Niel's avenue des Ternes, le Puzzle de la rue Balzac, la Suite avenue George V, le Man Ray rue Marbeuf, le Titty Twister rue de Berri. Aujourd'hui je fréquente le Manko et le bar du Plaza avenue Montaigne, les soirées au rooftop du Fouquet's de Thomas de la Villejégu (le fils de Philippe Lavil), le Baron rebaptisé Medellin au 6 avenue Marceau, le Piaf rue Jean Mermoz, le bar d'Apicius rue d'Artois, le Madam rue La Boétie, le Roxie de Sandra Sisley rue de Ponthieu, le Noto au-dessus de la salle Pleyel, le Matignon avenue Matignon, et l'Arc décoré par Lenny Kravitz, rue de Presbourg. Les adresses sont les mêmes, les salles changent de nom mais l'activité principale reste identique : fuir sa solitude par n'importe quel moyen autour de la place de l'Étoile. Se perdre dans la foule, s'abîmer dans le noir, toucher des personnes blindées ou le fond de la solitude, briller quelques minutes avant de se détruire au bar ou aux chiottes. Je passe devant des immeubles de bureaux vides qui ravivent des souvenirs, je marche dans des rues qui sont autant de machines à remonter le temps. Les soirées costumées du Caca's Club tournaient dans ce quartier sans âme de touristes friqués. Pourquoi les mecs du 8e ont-ils toujours la chemise rentrée dans le pantalon, les cheveux plaqués en arrière et les tempes qui dégoulinent ? Pourquoi tout le monde sur les Champs parle anglais, russe ou arabe, mais jamais français ?

Nous lacérions les banquettes de Régine avec des fourchettes, déguisés en Sex Pistols, au son de Gogol Ier et la Horde. Nous descendions l'escalier de l'Élysée-Mat' en combinaison de plongée, avec masque, tuba et palmes. Nous pissions dans les bouteilles et les remettions sur les tables. Nous avons fait rentrer des poules, des brebis, des souris et des cochons au Puzzle, ainsi qu'une vache landaise (mais je n'ai jamais réussi à convaincre le cirque Bouglione de me prêter un éléphant pour la nuit). Nous avons arbitré un match de football avec des Jeeps qui tapaient dans une poubelle métallique en guise de ballon. Nous improvisions des compétitions de pétanque végétale devant chez Ledoyen, avec un radis comme cochonnet et des laitues à la place des boules. Nous transformions la plupart des dancefloors en piscines. Nous composions des hymnes au piano du Safari Club avec Julien Baer et Bruce Meritte :

« La réponse tu le sais
Se trouve au Safari
Et son visage ressemble à Stéphanie… »

Qu'est devenue Stéphanie, la barmaid du Safari ? Il faut que je demande à Bruce si elle vit toujours.

Comme tous les membres de Castel, nous finissions nos nuits entre les bras de beautés sénégalaises du Keur Samba, qui retournaient s'asseoir sur les genoux de Carlos Dolto, Claude Brasseur, Pierre Bénichou et Patrick Balkany, après nous avoir filé de massives érections matinales en dansant le ndombolo. Nous pouvions aussi échouer contre le piano à queue de Joe Turner à la Calavados, en dégustant des penne à la vodka à six heures du matin avec Dani tout juste sortie de L'Aventure, avenue Victor Hugo. Tandis que tous mes camarades d'antan dorment paisiblement avec leur femme et leurs enfants, je persiste à rôder dans ce quartier surnommé le « Triangle d'or » car les dorures y constituent le seul repère… avec les pubis épilés. C'est un des derniers arrondissements de Paris où un homme seul n'est pas considéré comme suspect, sauf s'il porte un gilet de couleur ou un casque de motard. Il est assez paradoxal que le président du Monde Nouveau réside géographiquement en plein cœur de l'Ancien Régime.

3.

Ce n'était pas mieux avant ; c'était pareil, mais j'étais plus nombreux. Quand je descendais au Raspoutine du temps de Madame Martini, j'étais suivi de trente potes qui investissaient ce cabaret russe de stuc rouge et or, décoré par Erté, pour admirer un lanceur de couteaux ivre, un magicien interminable et des musiciens colombiens qui faisaient semblant d'être tziganes. Il y avait toujours un riche pour glisser dans les cordes des balalaïkas quelques biffetons à l'effigie de Blaise Pascal afin qu'ils acceptent de rejouer « Otchi tchornye ». On dansait le kazatchok jusqu'à s'effondrer sur la piste à carreaux rouges et noirs. On s'en allait à l'aube, ruiné dans tous les sens du terme, avec en guise de trophée un abat-jour ou une pendeloque de lustre à la boutonnière. En ce temps-là, quand je buvais de grands verres sans respirer, on m'applaudissait, et maintenant, quand je reproduis le même geste – saisir un verre plein à ras bord d'alcool pur et le boire sans m'arrêter en huit grandes gorgées – on hausse les épaules avec commisération. À quel âge perd-on le droit d'être pitoyable ?

Il y a trente ans, j'avais l'instinct grégaire. J'ai vécu toutes les années 1980 et 1990 en troupeau. Et puis un matin, mon entourage s'est volatilisé. Je suis passé de la foule bruyante à la solitude muette. Je ne pouvais pas protester : ce mouvement s'appelle la vie. Dans son enfance, on passe ses jours et ses nuits avec ses frères et sœurs et puis ils s'éparpillent. On les remplace par une bande d'amis dont on croit, dur comme fer, qu'elle sera sa vraie famille, choisie celle-là, et puis eux aussi s'envolent. La vie consiste à s'entourer de gens qui, progressivement, s'éloignent, se retranchent, se réfugient. Ils ont un métier, une femme, des enfants, une maison, un divorce, un cancer, ils sont trop occupés pour aller boire des shots en plein hiver avec un attardé mental dont la barbe blanchit à vue d'œil. Le monde va finir dans dix ans, personne n'a plus de temps à perdre. La condition de la survie en période d'apocalypse est l'isolement, ruminais-je à haute voix comme un clochard en traînant les pieds dans les ruelles qui tournent en spirale autour de la place de l'Étoile, en direction du Victoria, le restaurant de l'Arc. Si j'ai perdu ma bande de potes, c'est peut-être par ma faute. Je n'ai pas su les retenir, je les ai laissés s'éloigner, je me suis trop souvent absenté, j'aimais tellement disparaître. En croyant qu'on va manquer aux autres, on se contente de les perdre.

Cette nuit est mon dernier baroud d'honneur. Quelque chose s'est grippé. Je ne me moque plus. Je suis bien placé pour savoir que se moquer, c'est fuir. Quoi de plus confortable que de ne jamais révéler ce qu'on a sur le cœur ? L'humour est un comportement passif-agressif. Au fond, les satiristes envient les gilets fluos. Ils formulent une critique sans propositions. Ils détruisent tout sans savoir ce qu'ils proposeraient à la place. Ça défoule et ne mène nulle part. On vote Mélenchon parce qu'on sait qu'il ne sera jamais élu. Et lui aussi le sait. C'est commode de pouvoir dire n'importe quoi en permanence car on ne sera jamais aux responsabilités. Tel fut mon sacerdoce : grincer sur commande et sans conséquence. Je suis un irresponsable assermenté depuis l'âge de dix-huit ans. Le peuple ne s'en rend pas compte : il croit que les caricaturistes sont des prétentieux ayant pris la confiance, alors que leur incertitude est criante. J'ai pu appeler au secours toutes les semaines durant trois ans sur France Publique sans être entendu une seule fois. Pour dire les choses clairement : la nouvelle guerre civile oppose les Français qui n'écoutent pas France Publique à ceux qui écoutent France Publique. Les auditeurs de la station leader en France se sentent supérieurs aux autres citoyens. Ils parlent une langue plus élégante, sans accent méridional, ni intonations parigotes. Leurs bouches sont minces et leur élocution pointue. Ils ont des raisonnements intelligents, des références érudites, des solutions de quatre syllabes à tous les problèmes. Ils ne sont pas écrasés par la détresse et l'inquiétude existentielle. Ils sont pacifiques et éco-responsables. Ils ont souvent la sécurité d'un emploi public et détestent les conducteurs de camion. À l'inverse, les personnes qui n'écoutent pas France Publique n'ont pas le sentiment d'habiter le même pays. Ces personnes sont pauvres et précaires, elles n'ont pas d'autre choix que de consommer des perturbateurs endocriniens. Elles galèrent au boulot pour un revenu dérisoire et si elles se plaignent, la police les tabasse, les éborgne ou leur arrache la main. Elles ne comprennent pas le vocabulaire employé sur France Publique et ignorent l'existence des « avocado toasts ». Elles ont honte de ne pas comprendre les chroniques subtiles et la sémantique intellectuelle des animateurs du service public. Elles se sentent, non pas inférieures, mais exclues. La France a perdu sa langue commune. La coupure est totale. Et tout cela se joue à Paris, dans le même quartier chic, depuis plusieurs samedis. La maison de la radio publique se situe à Paris 16e, dans l'avenue d'un président assassiné. Pour y aller dans quelques heures, je devrai descendre l'avenue Kléber où les indignés font flamber des Mercedes devant l'hôtel Peninsula. Écoutez la question imbitable que Nathan posera à un essayiste vers sept heures du matin : « Comment analysez-vous cette bascule et ce que questionne ce tropisme de nous et de la société ? » La langue que j'ai apprise à Sciences po Paris – et Nathan à Normale sup – n'est pas du français, c'est du morse pour salauds sartriens. C'est un volapük destiné à se gargariser entre « sachants ». Une injure au peuple. Chaque fois qu'un dirigeant emploie l'anglicisme « délivrer » à la place de « faire », ou « adresser » au lieu d'« aborder » un problème, il justifie une révolution. Les néo-Misérables préfèrent écouter une télévision complotiste russe que la radio étatiste française. Quand le président aura l'idée du Grand Débat, personne ne remarquera l'ambiguïté du terme : il y avait, face à face, un énarque qui débattait et des citoyens qui SE débattaient.

4.

L'impératif du moment, c'est de « ne jamais se prendre au sérieux ». Mais si personne ne prend rien au sérieux, on vit dans quel monde ? Il est temps de l'avouer : cette mascarade est née pour moi avec la création du Caca's Club en 1984.

Normalement un club a toujours un but précis : jouer au golf ou au tennis, réfléchir sur l'avenir de la France, aller dîner avec des hommes d'affaires ou réunir des passionnés de jazz pour un concert… Le mien n'avait pas de projet, à part celui de détruire toutes les boîtes de nuit à la mode et de recouvrir la ville de Paris d'un étron géant. Excepté les réunions Dada au Cabaret Voltaire (Zurich), on ne connaît pas beaucoup de clubs dont la raison d'être fut aussi fièrement dénuée de sens. L'intérêt de la presse écrite et audiovisuelle pour le Caca's Club augmentait l'absurdité de ma situation. Plus je m'exprimais publiquement, plus le ridicule tournait à la performance artistique. Si à vingt ans votre principal titre de gloire consiste à avoir bu un verre de champagne par l'oreille à « Bains de minuit », c'est qu'il y a quelque chose qui ne tourne pas rond en ce bas monde. Nous étions fiers d'être absurdes et toute la société nous y encourageait. Je n'avais strictement rien à vendre à part mon nihilisme. Personne du Caca's n'a jamais gagné un centime avec cette organisation. L'entrée était gratuite, les consommations payantes restaient dans les caisses des établissements qui daignaient recevoir ma bande de sales gosses : jamais une association festive ne fut aussi désintéressée et fauchée. Cela faisait mon orgueil : tous les dirigeants du Caca's perdaient de l'argent et le club était en déficit permanent, comme la France.

Des années après la mort du Caca's Club, j'ai lu un roman de Tom Wolfe intitulé *Moi, Charlotte Simmons*, et alors compris ce que j'avais vécu. Ce livre raconte la vie dépravée des élèves de grandes écoles américaines. Charlotte Simmons est une gentille oie blanche, une ingénue qui débarque vierge à Dupont, une université de l'Ivy League, et se trouve confrontée à l'obsession sexuelle et à l'alcoolisme d'une horde de post-adolescents boutonneux. Personne ne révise ses cours, tous ne pensent qu'à picoler et organiser des fêtes costumées. Ils sont pourtant tous adultes, issus des meilleures familles des États-Unis, tous d'excellents élèves ayant reçu la meilleure éducation possible, bref, l'élite de la nation ; cependant leur principal objectif est de baiser le plus de personnes différentes, si possible en état d'ivresse. Le satiriste Tom Wolfe a voulu dénoncer le comportement décadent de la jeunesse dorée américaine, en décrivant les futurs CEO's des grandes entreprises comme d'insupportables bambocheurs entre la fin du lycée et le premier stage chez Lehman Brothers. Aujourd'hui, quand je regarde les photographies du Caca's, je vois mon club comme une sorte de parenthèse de débauche dans la vie de presque tous ses membres. Ce fut comme un rite initiatique. Avant de devenir P.-D.G., banquiers, avocats d'affaires, publicitaires ou ministres, il fallait d'abord se bourrer atrocement la gueule, se déguiser, sauter sur tout ce qui bougeait, dégueuler dans un lit inconnu, pour pouvoir ensuite rentrer dans le rang, épouser une « jeune fille de bonne famille », faire fortune et se reproduire. C'était sûrement un dommage collatéral du système de recrutement consanguin des grandes écoles. L'affreux bachotage des prépas (HEC, Sciences po, hypokhâgne ou maths sup) faisait de l'élite française un troupeau de robots qui avaient besoin de péter un fusible pour retrouver forme humaine. Le Caca's Club a été à la bourgeoisie parisienne ce que l'université de Dupont fut pour Charlotte Simmons : l'orgie qui a consolidé, en la canalisant, la folie d'un certain milieu privilégié. Par extension, on peut considérer le Caca's Club – à l'image des humoristes du service public – comme un dérèglement toléré par la haute société parisienne afin de maintenir l'ordre du système en place. Sur une existence qui dure environ quatre-vingts années, le capitalisme autorise à ses futurs patrons une petite décennie de beuverie entre le baccalauréat et l'accession aux manettes. C'est pour cette raison que, quand on les interroge, la plupart des membres du Caca's Club avouent très sincèrement qu'ils ne se souviennent de rien. Ce n'est pas par honte ou une quelconque culpabilité : l'amnésie fait partie du code d'honneur, comme lors du carnaval de Venise, où tous les débordements sont permis à la condition de bien garder son masque sur son visage.

Étant fils de bourgeois soixante-huitards, j'ai réellement cru que l'ironie était une forme de révolte. Il faut bien comprendre ce que c'était d'avoir vingt ans dans les années 1980. Mes parents avaient connu la guerre dans leur enfance, puis les Trente Glorieuses, la reconstruction et l'américanisation de la France. Après les utopies foirées des seventies (les moutons dans le Larzac, les disques du Grateful Dead, l'amour libre et son corollaire, le divorce normalisé), les années 1980 virent l'explosion de la publicité, du punk et de la pop synthétique, du ska et du marketing. C'est de loin la décennie la plus cynique du siècle et pourtant la plus frivole, avec les années folles de l'entre-deux-guerres. Le disco, la new wave, la cocaïne et le second degré des années 1980 furent un dernier soubresaut de liberté : le chant des cigales avant une vie de fourmis. J'ai eu vingt ans lors de l'avènement de l'industrie du luxe comme unique horizon français. La consommation était totalitaire, le sourire obligatoire : ce délire date des années 1980. Dire quelque chose de politique, c'était être chiant ou ringard. Je tiens à rendre hommage au pire ennemi de ma classe sociale : François Mitterrand. Son élection en 1981 changea complètement mon pays. Soudain les radios étaient libres d'être hyper-potaches sur la bande FM : j'écoutais des conneries absurdes, des blagues scatologiques, des chroniques snobs et des musiques dansantes sur Carbone 14, Radio Nova, Kiss FM, Radio Tour Eiffel… Le Caca's Club fut créé la même année que la chaîne TF+. Les années 1980 incarnèrent une sorte de « movida » française avec les magazines *Globe*, *Actuel*, *City*, *Façade*, *Égoïste*, les bars de la rue Quincampoix, les Bains-Douches, Goude et Mondino, Montana, Mugler et Gaultier, et tous ces cocktails bleus dans des verres en forme de V. Il y avait tellement de monde sur les dancefloors qu'il fallait danser les pieds serrés sans bouger, en dessinant des vagues avec les bras pour prendre moins de place. En fait, les danseurs ressemblaient à leurs verres triangulaires. Un morceau de rap (le premier en français) résume cette époque : « Chacun fait fait fait ce qui lui plaît plaît plaît » du groupe Chagrin d'amour. Il raconte une nuit cocaïnée qui s'achève avec une prostituée dans un hôtel : « Le précipice est au bout, le précipice on s'en fout. »

Quelle fête ce fut ! J'ai sincèrement cru qu'elle ne s'arrêterait jamais.

5.

Au début des années 1990, lorsque la techno a remplacé la new wave, quelque chose commença à changer. J'ai pris un coup de vieux quand Yazoo et Orchestral Manoeuvres in the Dark ont été effacés par Stardust et Daft Punk. C'était presque la même musique… seulement voilà : ce n'était plus ma génération. (Si quelqu'un peut expliquer la différence entre Deutsch-Amerikanische Freundschaft et Gesaffelstein, qu'il se lève tout de suite ou se taise à jamais !) Ou était-ce cette nouvelle maladie qui obligeait à enfiler une chaussette en caoutchouc sur la bite avant d'envisager le moindre plaisir entre amis ? L'invention du téléphone portable transforma aussi la façon de festoyer. Impossible de déconner à 100 % quand on peut à tout moment être rappelé à l'ordre par un « t'es où ? kestufé ? » de sa fiancée. Depuis la création du portable et d'Internet, tout noctambule croit toujours qu'il y a une meilleure soirée *ailleurs*. Mais peut-être y avait-il vraiment de meilleures soirées ailleurs ? J'incarnais quelque chose de rance, de révolu, une condescendance insupportable, un réseau méprisant. Il fallut me rendre à l'évidence : dès le milieu des années 1990, le Caca's Club était has-been. J'étais fini dans la night ; il ne me restait plus qu'à exploiter en art mon image de décadent. Des « raves » démocratiques s'improvisaient dans les rues, les parkings, les terrains vagues, les carrières près de Paris. La jeunesse était happée par cette nouvelle manière de faire la fête, plongée dans une foule d'inconnus, noyée dans la mousse. Et la découverte de l'ecstasy… Cette pilule ouvrait de nouveaux horizons. Elle ne donnait pas envie de clubs fermés mais d'une osmose chimique avec des milliers d'humains en sueur.

Je ne suis pas fier d'avoir été incapable de renverser la moindre superstructure, mais je reste épaté par l'extrême facilité avec laquelle toute ma génération s'est intégrée à la société la plus individualiste de tous les temps, en remplaçant les pavés de 68 par des poignées de confettis. J'appartiens à la dernière génération qui a trouvé du travail à peu près facilement. Raison pour laquelle elle n'a eu de cesse de cracher sur ses employeurs ? La révolution, la vraie, celle que nous n'avons pas faite, est arrivée. Il ne me reste plus qu'à baisser la tête devant les juges du tribunal populaire afin d'être décapité plus proprement. Nous ignorions à l'époque que l'autodérision n'était qu'une forme de résignation. Je me remémore une de mes soirées dont tous les convives étaient déguisés en pirates ; j'espère l'être resté. Une chose que j'ai gardée du Caca's, c'est que, passé une certaine heure, plus rien ne peut me choquer. J'ai tout vu, tout connu et pourtant je resterai toute ma vie en quête de la MCI (Maximisation de la Connerie Intergalactique). Certains cacasiens préféraient lire J.D. Salinger plutôt qu'Alain Minc : ils sont devenus écrivains, ou se sont suicidés. Exilés fiscaux à Londres, Singapour, Genève, Hong Kong ou Bruxelles, les autres membres du club gouvernent le capitalisme occidental tout en gardant au fond d'eux-mêmes ce réflexe de survie : ne jamais rien prendre au tragique tant qu'il reste une bouteille de champagne au frais. Il ne s'agit pas d'opposer les membres qui seraient « rentrés dans le rang » à ceux qui sont restés bloqués au stade anal. Chacun s'est débrouillé comme il le pouvait avec le fardeau de cet héritage à paillettes. Le bazarder comme s'y complaire sont deux démarches aussi stériles. Aujourd'hui je sais que le paradis perdu consiste à vivre entre parenthèses dans un monde irresponsable, où il est permis d'être jeune, con, moche et saoul. J'ai continué toute ma vie à croire en la solution festive, persuadé que la gueule de bois maintenait jeune et que je n'aurais jamais cinquante ans. Désormais quinquagénaire, je paie mes impôts en pestant comme tout le monde… Cependant, revisitant ces souvenirs, je souris en levant mon menton proéminent en signe de défi, parce que je conserve dans ma mémoire cette richesse que ni la France insoumise, ni le Rassemblement national ne pourront jamais me confisquer. Et si dans quelques années, mes petits-enfants me demandent ce que fut le Caca's, je leur répondrai, les larmes aux yeux : ma noblesse.

3 heures du matin

« Pour qu'il y ait de l'art, pour qu'il y ait un acte et un regard esthétiques, une condition physiologique est indispensable : l'ivresse. »

Nietzsche, *Le Crépuscule des idoles, ou comment on philosophe avec un marteau*, 1888.

1.

À partir d'un certain âge, il faut renoncer à baiser gratuit. La conquête des femmes exige trop d'efforts physiques : shots de vodka-caramel, traits de poudre nasale, couchage tardif, sexe frénétique sans préservatif ni éjaculation, prise régulière de Cialis… Trop de risques d'infarctus. Longtemps j'ai préféré les concours d'escorts dans les boîtes du 8ᵉ arrondissement. Celui qui avait le plus de bombes à sa table au Raspoutine, au Noto, au Victoria ou au Matignon avait gagné. C'était rigolo, ça coûtait une blinde et évitait la douleur du râteau. Quel soulagement quand tu sais que tu peux coucher indifféremment avec toutes les Moldaves assises à ta table. Plus d'angoisse, plus d'humiliation. T'as gagné si tu dépasses la douzaine de putes. À l'Arc, elles ne paient pas les consommations : elles sont plus ivres que toi. Quand je pense que certains quinquagénaires ont honte de sortir en boîte avec des gamines de vingt ans ! Moi pas ! Je crains surtout de rentrer seul ; j'ai peur de ma main droite.

Définition du capitalisme : t'as gagné si tes amis souffrent plus que toi. Je suis à présent assis à une table au Victoria avec Milica, une native de Saint-Pétersbourg qui me prend pour un Raskolnikov qui n'aurait pas les couilles de zigouiller sa concierge. Nous nous parlons sans nous regarder, nos visages sont tournés vers l'Arc de Triomphe fumant.

— Trump is sexy, dit Milica.

— What ??! Ce gros porc ?

— Oui, il m'excite sexuellement, je te jure que je me touche souvent en pensant à lui.

— L'obèse rougeaud avec sa perruque blonde ?

— Je viens souvent en pensant que sa femme lui pisse dessus. Ou alors j'imagine un threesome avec Ivanka, Melania et Jared Kushner.

— Obama était bien plus beau.

— Le noir tout maigre avec sa bobonne gentille, là… No way ! Trump est tellement plus riche, lui et sa famille, ils ont des têtes d'acteurs porno tchèques. Tu sais qu'Ivana, la maman d'Ivanka, est tchèque ? Ils ont tous des brushings et ils sont friqués et ils doivent sentir le parfum Giorgio, et ils ont tous l'air tellement désaxés…

— Mon pote Alé de Basseville a photographié Melania à poil avec une mannequin suédoise, il est exact qu'elle est gaulée. Il est tout de même amusant que ce soit une Slovène liftée qui dirige le monde libre.

— Oh my God, j'aimerais tellement qu'elle m'urine dans la bouche.

Tout ce que Milica avait pour elle, c'était sa photogénie sur Instagram, sa ponctualité quand je lui envoyais un rendez-vous par sms au dernier moment, et ses jambes. Deux tiges interminables, d'un mètre cinquante-six chacune (je les ai mesurées avec une règle pliante). Vous me direz : que foutais-tu avec ce portemanteau ? Et je vous répondrai : je l'écoutais. Cette fille et moi avions une osmose intellectuelle. Je savais qu'elle se droguait fortement, qu'elle disait du mal de moi à ses copines bisexuelles – elle m'avait surnommé « Mister Bean » car j'étais tellement foncedé que je trébuchais sur tous les meubles – mais ce n'était pas la chose la plus excitante. La chose la plus excitante, c'est qu'elle ne m'aimait pas, ne m'avait jamais aimé et ne m'aimerait jamais. Et qu'est-ce qu'elle était drôle ! Je ne le lui ai jamais dit, mais parfois, pour jouir, je fermais les yeux et pensais à sa couverture du *Numéro* de mars dernier, où elle prenait une douche, nue du haut, en noir et blanc contrasté, le dos cambré, une mèche de ses longs cheveux noirs collée entre ses tétons noirs sur sa chair de poule. Sa méchanceté me donnait des orgasmes.

Je la fais boire terriblement sur le balcon aux murs mauves de la place de l'Étoile. On s'embrasse très fort après chaque ligne mais nos bouches pâteuses et langues sèches se collent sans la moindre excitation.

S'il n'y a pas de salive en haut, c'est qu'il n'y aura pas de cyprine en bas. La coke donne envie de draguer, tout en empêchant de baiser. Pas étonnant que cette poudre rende l'élite schizophrène. Milica dit qu'elle a envie de se suicider parce qu'il n'y a plus de tequila Patrón. Les voitures tournent autour de l'Arc de Triomphe saccagé de l'intérieur comme des planètes aspirées par un trou noir. J'ai attrapé un rhume à force de renifler. Le ciel est traversé d'hélicoptères policiers qui surveillent les incendies de BMW illuminant les façades des immeubles de l'avenue Foch. J'ai l'impression que la redescente de l'escalier des toilettes prend quinze jours.

N'arrivant plus à parler, j'écris ceci sur un ticket de carte bleue :

— De toute façon, les Champs-Élysées méritaient d'être incendiés depuis la fermeture du Queen. Tu ressembles à Faye Dunaway dans *Les Trois Jours du Condor* quand Robert Redford la séquestre dans sa salle de bains, attachée au radiateur.

Elle me traite de « chelou ». Les millennials, même russes, emploient toutes ce terme qui disqualifie tout. Comme « weird » en anglais, il est synonyme de « fou », « bizarre », « malade », « compliqué », « angoissant », « taré », « pervers », « obsédé », « original », « différent », « libre », « humain ».

Il est presque trois heures du matin et l'écran plasma allumé sur BFMTV retransmet des scènes de guérilla urbaine sur les Champs. Soudain, je vois le Fouquet's brûler ! On ignore si c'est la police ou les manifestants qui ont incendié l'établissement. Les images vont faire le tour du monde. Le voilà, mon sujet de chronique pour demain matin. Je vais décrire l'incendie du bar où je me trouvais il y a cinq heures. Je devrais me réjouir car les manifestants ont ravagé la nouvelle déco de Garcia, mais je suis stupéfait de reconnaître mes amis, les serveurs, le barman, le personnel refugié en cuisine et évacué par la sortie de secours à l'arrière, et les tables, les chaises, tout le mobilier saccagé, les vitres défoncées, oh Seigneur, la rage qu'il fallait pour se déchaîner ainsi contre la cantine de Raimu et Colette (qui vivait en face, au sixième étage de l'hôtel Claridge, en 1931). Une image me rend le sourire : trois manifestants se partagent une bouteille de Chivas sur les Champs-Élysées au milieu des palissades en feu, entre deux charges de CRS. Tout ce que l'humanité a fait depuis qu'elle a domestiqué le feu, c'est brûler ce qu'elle trouvait. Bois, charbon, pétrole, gaz, cafés, gratte-ciel, animaux, gens. Pas étonnant que le climat se réchauffe.

La pluie s'est mise à tomber pour aider les pompiers à éteindre les flammes.

2.

— Milica, cela ne te dérange pas de discuter avec un has-been ?

— T'es pas has-been, t'as un hashtag !

Et Milica me montre qu'en tapant #octaveparango, elle tombe sur des milliers d'occurrences. Tout espoir n'est donc pas perdu.

— J'ai un # donc j'existe !

Je lèche son cou parfumé à la grenadine.

— Chérie, ton cou est tellement sucré qu'il va augmenter mon taux de glycémie. Étant diabétique de type 2, si je mords ton oreille vanillée, je risque de ne plus sentir mes pieds, et si je lèche tes lèvres fruitées, je pourrais bien devenir aveugle.

Pendant trente ans, j'ai appelé à la révolution en déconnant et maintenant qu'elle a lieu au Fouquet's, à cinq cents mètres du palais de l'Élysée, je tremble, je recule et me sens minable. Je comprends que j'ai toujours été dans le camp adverse, depuis ma naissance dans le Neuf-Deux. Mes innombrables efforts pour échapper au déterminisme social n'étaient que des tentatives piteuses pour passer pour un mec cool. La vérité me dégoûte : je ne suis qu'un communard de salon. Cette révolution survient trop tard et elle est sale, brusque, bordélique, instantanée, désorganisée. Je ne comprends rien à ces barricades improvisées autour de l'Étoile, je n'ai pas vu venir cette colère du haut de mon Olympe médiatique. Pensez-vous : une révolution hebdomadaire ? Cela a un côté *Saturday Night Fever*, ces délinquants qui montent à la capitale tous les week-ends pour casser les magasins remplis de produits qu'ils ne peuvent s'acheter. Contrairement aux danseuses du Crazy Horse, je ne veux pas le changement et ne l'ai jamais voulu, je le crains, j'ai trop à perdre. Je suis frileux et recroquevillé sur mes derniers privilèges. Pour rien au monde je ne renoncerais à ma loge à Roland-Garros ou à ma carte rose à pois jaune permettant de doubler la file d'attente du Festival de Cannes. Je vois bien que le bateau coule, et au lieu d'écoper ou de lancer des bouées aux naufragés, je bouscule femmes et enfants en gilet de sauvetage pour arracher encore quelques années de confort bourgeois. J'aime traîner dans le 8e parce que la nuit, c'est un arrondissement de bureaux vides ; je ne m'attendais pas à y croiser autant de militants encagoulés. Autrefois les manifestations allaient de République à Nation, elles ne dérangeaient pas les *chalalas* dans mon genre. Les émeutiers de l'avenue des Champs-Élysées ont compris qu'il ne servait à rien de défiler dans des quartiers désargentés. Deux affiches Figaret avec mon visage photographié en noir et blanc ont été taguées avant d'être arrosées d'essence et enflammées. Le bord de ma joue droite est calciné. Un mannequin décapité, volé dans une boutique voisine, a été déposé devant mon effigie, le majeur dressé. Je me demande quel message je dois en tirer.

Curieusement, malgré des années d'effort, je n'ai jamais vraiment réussi à alerter les consciences sur la souffrance des personnes nées à Neuilly.

Encore une chronique à jeter à la corbeille. Jamais je ne pourrais prononcer des choses aussi vraies à la radio. Je me précipite aux toilettes des hommes avec Milica. Son grand jeu consiste à pisser debout dans les urinoirs pour garçons. La tête des mecs quand ils voient cette fille perchée sur talons de 12 baisser sa culotte et envoyer un jet parfaitement rectiligne dans la faïence ! Simone de Beauvoir réincarnée en Pussy Riot. Je trace des lignes sur le marbre noir des toilettes avec ma carte de membre du Club Albane. Quand je sors des chiottes tout anesthésié, Milica se fout de ma gueule. Pensez-vous : un vieux obligé de mettre ses lunettes pour préparer les rails. Je suis souvent désopilant sans le faire exprès.

— Tu sais que c'est rigoureusement démodé de se mettre dans des états pareils à cinquante ans révolus ?

— Tu sais que moi et mes cinquante ans révolus on t'emmerde vigoureusement ?

Des lèvres pourpres, une peau de crème et une lucidité perfide : cette fille est un danger public. Je reprends une autre trace directement sur ma main. Et tout d'un coup la vérité me saute aux yeux. C'est à moi qu'ils en veulent. Les insoumis m'ont suivi. Ils ont fomenté la grève du Crazy, incendié le Fouquet's puis le restaurant de la Grande Armée, ils brûlent tous les lieux où je passe. Ils sont après moi. C'est sûr. Et j'ai envie de répéter cette information à tout le monde, en boucle.

— Les gilets me cherchent.

— Mais oui Octave.

De l'autre côté de la baie vitrée, les black blocs noir et jaune comme des essaims de guêpes jetaient des bouteilles de verre sur les boucliers des CRS, barricadés derrière des grilles d'arbres arrachées et des barrières métalliques empilées. Ensuite les guerilléros urbains retiraient leurs cagoules et casques, et changeaient de fringues en cinq secondes, en marchant lentement pour ne pas se faire prendre. Certains de ces hippies punks arboraient le masque de *V pour Vendetta* d'Alan Moore mais je voyais *Le Cri* de Munch sur patins à roulettes. Il était compliqué en France d'en vouloir à des agitateurs. Le 14 Juillet, fête nationale française, est l'anniversaire d'une manifestation interdite par la police. C'est pourquoi en France les insurrections sont sacrées. On ne touche pas au droit à la colère dans notre pays. La Révolution est notre ADN, notre République est née d'un foutoir violent organisé par une bande d'émeutiers qui ont libéré une prison avant de guillotiner le roi et sa femme. J'admirais les crânes ouverts, les fractures de l'arcade, la témérité des jeunes subissant le matraquage des tibias, des rotules, du ventre, des parties génitales, voire de la pomme d'Adam.

Notre nation est née d'une sédition.

Milica semble préoccupée par mon hypertension. Elle me conseille d'essayer la kétamine.

— Mélangée à la coke, ça s'appelle un CK. Un Calvin Klein. Tu dois te détendre, tu es trop énervé.

— Merci docteur pour votre ordonnance.

Elle me glisse son index dans la narine. Au point où j'en suis, me dis-je. Et j'inspire une pointe de poudre dans le creux de son ongle manucuré, turquoise, assorti à la couleur de sa langue quand elle boit du Get 27.

— Cela veut dire que tu calcules ton vernis en fonction de ta boisson ? Voilà ce qui me dégoûte dans votre génération : rien de spontané.

3.

Je n'étais pas un mauvais chroniqueur mais je n'étais pas le meilleur ; c'était Pedro Mika. M'en apercevant, j'ai rapidement tenté de faire passer ma médiocrité pour de la paresse. Je préférais que les auditeurs se disent « Il ne fout rien » plutôt que « Il est nul ». L'embêtant c'est qu'ils se disaient probablement les deux. Très vite, je me suis trouvé prisonnier de mon personnage de branleur, qui évite de se creuser les méninges pour écrire quelque chose d'original. Après tout, j'étais l'écrivain de la bande, je n'avais rien à prouver, et d'ailleurs on ne me le demandait pas. J'étais à la fois respecté, traité avec beaucoup trop d'égards, et simultanément considéré comme une pièce rapportée, un hurluberlu en dehors du « game » des comiques professionnels de service public. Parmi les chroniqueurs de la Matinale, j'étais le seul qui n'était pas en tournée de one-man-show dans toute la France. Les autres effectuaient de la présence pour remplir leurs salles. Moi je faisais le pitre uniquement par mégalomanie, pour retrouver les sensations du Caca's Club. On n'attendait rien de moi et du coup je n'ai rien donné. J'ai une vie trop tranquille, et je cherche à déstabiliser mon confort dans la nuit, l'ivresse, les paradis artificiels… et la chronique en direct. Ce qui me plaisait, c'est d'être toujours au bord de la catastrophe, du gouffre, de sentir la peur, le trac monter, la panique dans les yeux de Laura, la jubilation dans ceux d'Antonin, la consternation dans ceux de Nathan. Quand j'étais petit garçon, ma maîtresse d'école écrivait sur mes rédactions : « Peut mieux faire. » Je ne sais pas pourquoi, toute ma vie, on s'est imaginé que j'en avais encore sous le pied. Et si c'était faux ? Et si je ne pouvais pas m'améliorer ? Serait-ce si impardonnable de dire, comme les participants des « Chiffres et des Lettres » quand ils ne parviennent pas à obtenir le résultat demandé : « Pas mieux » ? Ma vie publique est une tentative désespérée pour me faire passer pour un décadent alors que je suis un BCBG au petit doigt levé dans un rallye. Je me démène pour avoir une image de défoncé alors que je suis hypocondriaque. D'où me vient ce désir de salissure ? De Serge Gainsbourg. De Charles Bukowski. D'Antoine Blondin et d'Alain Pacadis. De Paul Verlaine et Alfred de Musset. De Dorian Gray et des Esseintes. Et du Caca's Club.

Les soirées du Caca's Club seraient impossibles à organiser aujourd'hui. Je me souviens d'un bal

Tchernobyl en 1986, juste après la catastrophe nucléaire, où deux cents invités sont venus en combinaison de protection antiatomique ou défigurés au latex. J'avais trois bras, le nez ouvert et sanguinolent, le crâne chauve, maquillé par une spécialiste d'effets spéciaux cinématographiques, avec des pustules sur le front et les joues. Ce soir, la même dérision festive conduirait à improviser une soirée en gilets fluorescents, au club de l'Arc bien sûr, avec deux cents fils et filles de bonne famille arborant des bandeaux sur un œil comme Jérôme Rodrigues, où l'on boirait des cocktails Molotov, surveillés par des CRS portant des masques à gaz, avec jets de fumigènes sur le dancefloor. Il est évident que nous serions lynchés. Ma tête serait mise à prix sur Facebook et Twitter. La racine de cet humour parodique vient des pastiches de Jalons, de l'esprit *Hara Kiri*, du professeur Choron que j'ai connu chez Castel et des délires des Nuls sur TF+ dans les années de l'après-guerre froide.

L'après-guerre froide : la chute du mur de Berlin en 1989 a entraîné une libération sans guerre. Depuis trente ans, nous fêtons la fin de la non-guerre entre les États-Unis et l'URSS. La victoire du capitalisme sur le communisme fut celle du cynisme sur l'espérance. Mon attirance pour la dérision résulte aussi de cette potacherie qui n'est au fond qu'une phase estudiantine de rébellion inoffensive contre mon milieu social privilégié. Cette phase aurait dû durer quelques années, une décennie tout au plus. La bizarrerie dans mon cas a consisté à rester dérisoire jusqu'à la fin du monde.

Le Caca's est né en 1984. Il était une fois cinq garçons de vingt ans qui s'ennuyaient en smoking dans les rallyes mondains : l'Argentré, le Turckheim-Girod de l'Ain, le Schlumberger, le O'Neill, le Amic, le Bremond d'Ars. Tous les samedis soir, nous recevions des bristols à écriture anglaise pour des fêtes guindées au Cercle Interallié, au Jockey Club, au Cercle Militaire, au Polo de Bagatelle, au Tir aux pigeons, au Pré Catelan ou au France-Amériques. Le quintette buvait mais ne se droguait pas encore. Les lendemains de fête, nous nous réunissions, tous les dimanches soir, dans des pizzerias germanopratines en semant le bordel jusqu'à ce que les restaurateurs soient obligés de nous raccompagner à la porte manu militari sans nous faire payer l'addition. Un soir, c'est Charles de Livonnière qui a baptisé notre association. Viré par un serveur feignant l'accent italien, il proclama : « Un peu de respect, nous sommes tous membres du Caca's Club ! » L'apostrophe possessive anglaise parodiait Annabel's, Régine's, Maxim's, le Griffin's, tous ces hauts lieux du snobisme international. Accoler le terme le plus puéril et scatologique à l'emblème possessif du chic moderne : sa trouvaille était d'une efficacité redoutable. « Le Caca's

Club » : l'appellation nous allait bien, à nous qui ne parlions que de caca, de pipi, de vomi, de cul, de bites, de chattes, d'alcool et d'herbe, tout en ayant des parents membres du CAC 40. Pour être franc, je dois confesser qu'à cinquante ans passés, je m'ennuie vite quand il n'est pas question de ces sujets. Les blagues potaches, scato, porno et trash me font toujours rire comme un gosse. J'aime Rabelais, les films d'Apatow, *Very Bad Trip* et *Projet X*. Je suis puéril, « indécrottablement » est l'adverbe idoine pour décrire mon infantilisme. Il ne nous restait plus qu'à trouver la signification de l'acronyme : après quelques conciliabules, nous optâmes pour « Club des Analphabètes (nous l'étions suffisamment, et le sommes restés) Cons mais Attachants (l'autodérision compensée par le souci de plaire : où l'on voit que nous étions déjà des tapins) ». Cinq adolescents attardés qui s'encanaillaient, estimaient que sortir uniquement le samedi soir était nettement insuffisant à leur équilibre psychique, et faisaient semblant d'être impolis pour se faire pardonner leur chance d'être nés avec une cuillère de pognon dans la bouche : voilà, au départ, ce qu'était le Caca's.

4.

Cela fait trente ans que la presse dit n'importe quoi sur notre association de malfaiteurs : on la prend pour une secte, une loge P2, un complot tout-puissant, une nouvelle forme de maçonnerie. Je suis heureux de rétablir enfin la vérité : nous étions juste une bande de crétins. Par ordre alphabétique, les cinq fondateurs du club étaient : Stéphane Haskell, Charles de Livonnière, Édouard Lussan, Guillaume Rappeneau et votre serviteur. Stéphane était le plus beau, Charles le plus drôle, Édouard le plus imaginatif, Guillaume le plus fou, et moi… je crois que j'étais celui qui voulait le plus faire parler de lui, pour d'obscures raisons que mes œuvres complètes n'ont pas encore réussi à élucider. L'assemblage était incohérent mais parfait pour que la mayonnaise prît : Stéphane était le play-boy de la bande, un brun ténébreux appartenant à la famille Gallimard, qui cachait son angoisse derrière un sourire denté ; Charles, le plus petit de taille, ne pensait qu'à dire et faire des bêtises comme un enfant turbulent, et il n'a jamais changé, restant le plus fantaisiste du groupe ; Édouard, le faux taciturne et roi du sarcasme, dessinait des scènes de guerre, connaissait par cœur tous les films d'horreur et brisait gentiment les cœurs des filles masochistes qui, régulièrement, en tombaient amoureuses ; et Guillaume… eh bien, Guillaume était le plus rebelle : depuis l'âge de seize ans, il fréquentait l'Apocalypse où nous n'entrions pas, et traînait avec des voyous, des gens du showbiz, des filles de chez Madame Claude ; quant à moi, avec mon long menton, mes lunettes et ma maigreur… j'ai tout de suite compris que j'embrasserais davantage de filles si j'intégrais cette bande. Pourquoi est-ce qu'on s'entendait si bien ? Nous ne le saurons jamais, rien ne fut jamais analysé ni calculé, mais le fait était qu'on riait tout le temps. J'ai l'impression, en y songeant, que nous n'avons absolument rien fait d'autre que rire pendant toutes les années 80 et 90. C'était notre seule priorité : les études, l'avenir, la France, l'amour et même le sexe passaient après cette cavalcade – ainsi que l'a surnommée un de nos piliers, Bruno de Stabenrath. Le jour où certains se sont demandé ce qu'ils foutaient à bord du rafiot, le naufrage avait déjà eu lieu. Entre-temps, dix années de délires infantiles auraient creusé nos cernes. Dix ans : quatre-vingts bals costumés dans toutes sortes d'endroits abracadabrants. Des soirées à thèmes piqués dans l'actualité, des idées parodiant les films que nous aimions ou les disques que nous écoutions, des moqueries, des taquineries, des scandales parisiens et des provocations débiles : plus c'était stupide, plus nous étions fiers de nous. En mai 2014, quand Wild Bunch a organisé une soirée « DSK » à Cannes pour le lancement du dernier film d'Abel Ferrara, avec les mecs en peignoir et les filles en femmes de chambre, tout le monde a crié au mauvais goût, à la vulgarité, à la bêtise. J'ai pensé tout de suite : voilà une idée très cacasienne.

Aujourd'hui, avec trente ans de recul, je me rends bien compte de l'absurdité de notre démarche : pour nous révolter contre la prison dorée des rallyes, nous n'avions rien trouvé de mieux que... de créer un club encore plus exclusif. Un cercle rassemblant deux cents personnes pour des fêtes itinérantes, qui n'était en réalité rien d'autre qu'un rallye parallèle, un antirallye, déguisé en « fraternity », le principe s'inspirant de ces associations d'étudiants snobinards qui vomissent dans de vieilles bâtisses à Harvard, Princeton et Yale. En fait de révolution, nous n'accoucherions que de soirées élitistes entre ploutocrates arrogants.

À la sortie de Sciences po, les deux grandes écoles étaient l'ENA ou le CACA : il fallait se déterminer. La nostalgie ne suffit pas à faire pardonner notre absence totale d'engagement politique. Notre impuissance, que nous baptisions anarchisme mondain, venait peut-être de la désillusion de cette époque où les idéologies firent long feu : le Caca's Club ne fut pas pour rien dans la chute du mur de Berlin, puisque nous y avions graffité un jeu de mots pourri (« Le Caca's fait le mur »), quelques années avant 1989. L'excuse était toute trouvée : nous serions désenchantés, comme le chantait Mylène Farmer (« Tout est chaos, à côté ; tous mes idéaux, des mots abîmés »). Le chaos, nous voulions le mettre K.-O. à coups de shots de vodka, et ce que certains appelaient « deuil des utopies », pour nous, consista principalement en une longue, pénible et interminable gueule de bois. Qu'est-ce que nous buvions ! Je n'ai jamais autant bu que durant ces années. Tous mes copains étaient de véritables ivrognes, proches de la clochardisation. Je n'exagère pas : les comas éthyliques étaient hebdomadaires, les filles s'endormaient dans le caniveau, les garçons dégueulaient sans cesse, tout le monde finissait affalé par terre, les côtes fêlées, couvert d'hématomes violets, sous une grappe humaine nommée Bostella, dont j'ai organisé le championnat du monde au Bataclan le 25 janvier 1987. Heureusement que les consommateurs de drogue étaient minoritaires dans notre bande (en ce temps béni), sinon nous serions probablement tous morts l'année où Checkpoint Charlie, à Berlin, fut transformé en mémorial touristique.

Nous avions fait nôtre la devise de Stendhal : SFCDT. Se Foutre Carrément De Tout. Se moquer de l'univers, faire la fête sans arrêt, ironiser en permanence, sur tous les sujets, jusqu'au scandale, jusqu'au procès : nous pensions que notre ricanement était sain. C'était peut-être con. C'était sûrement léger, inepte, vain, frivole. Mais ce qui semblait si important quelques années avant nous (la justice sociale, le bonheur universel, la paix dans le monde, le partage des richesses) était officiellement devenu impossible. Et à cette résignation reconnue par presque tous les hommes politiques et les intellectuels (surtout de gauche) venait s'ajouter une nouvelle impuissance : la défense de l'environnement contre la pollution industrielle qui paraissait détruire irrémédiablement notre cadre de vie. C'était l'époque où les écolos commençaient leur long travail de sape sur le moral de leurs concitoyens. Notre anarchisme mondain était un déguisement branché qui nous évitait de reconnaître que nous étions de droite avant même d'être nés. On avait choisi pour nous : notre milieu, nos parents, notre adresse, nos vêtements étaient de droite. Personne ne nous demandait notre avis, et toute révolte serait pathétique. Je croyais sottement que se foutre de tout était « anar » : j'ignorais que l'à-quoi-bonisme fût toujours un aveu d'impuissance. La génération désenchantée sait à présent que blaguer sur tout ne construit rien, mais au moins cette génération n'a-t-elle pas une goutte de sang sur les mains, contrairement aux précédentes. À TOUTES les générations précédentes, en tout cas dans mon pays. Et dire que nous dansions le rock sur « Enola Gay » sans savoir que c'était le nom du bombardier américain qui a rasé Hiroshima...

5.

Les fêtes sont bien plus que des fêtes. Le temps embellit les souvenirs. Dénuées d'intérêt le jour de leur parution (sauf pour y constater les dégâts sur les joues de l'abus d'alcool), les rubriques mondaines deviennent féeriques trois décennies plus tard. Les albums de photos se transforment en catalogues de fantômes. La photographie d'un bal oublié, c'est une jeunesse retrouvée. Toutes les maîtresses de maison vous le diront : le meilleur moment, quand on organise une soirée, c'est celui où l'on ne contrôle plus rien. Au Caca's Club, quand la sauce prenait, cela signifiait que tout m'échappait entièrement, et que personne ne se souviendrait de rien. Heureusement que nous avons des photographies pour nous prouver que tout ceci a bien eu lieu. Notre sommet, c'était le bal « Barry Lyndon » au Palace. Avant ? Des répétitions, des brouillons d'étudiants, des beuveries rigolotes. Après ? C'était drôle, mais c'était moins beau que le bal « Barry Lyndon ». Cette nuit-là, quand Claude Aurensan et Gilles Roignant nous ont prêté la grande salle du Palace pour organiser un dîner en tenue XVIIIe, fut notre apothéose. Tout le reste semblait avoir mené à ces perruques, ces visages poudrés, ces robes décolletées, ces menuets endiablés. Un orchestre de musique de chambre jouait Bach, Couperin, Rameau, Mozart. Il dut battre en retraite devant l'avalanche de projectiles alimentaires. Je pense que le film de Kubrick résumait assez littéralement ce que nous vivions : Redmond Barry est un pauvre escroc qui tente de s'infiltrer dans la noblesse, un pitoyable fils de paysans arriviste qui gravit les échelons. Ce sera à peu de chose près notre destin par la suite : le succès, puis la chute. Cette saison-là, les tenues libertines étaient relancées par Karl Lagerfeld et Laurent Boutonnat. Nous avions allumé des centaines de bougies, au mépris de toutes les règles de sécurité (une folie pareille serait inimaginable aujourd'hui) : la lumière des flammes mettait les visages en valeur, risquant d'embraser les jupes à crinoline des marquises et vicomtesses. Mais la principale idée de ce bal costumé est à mon sens la plus simple, et pourtant je ne l'ai jamais revécue depuis. J'avais bien sûr acheté la bande originale de *Barry Lyndon* sur vinyle, ainsi que celle d'*Amadeus* de Forman, et apporté une pile de disques Deutsche Grammophon empruntés à mon père mélomane. Et nous n'avons écouté que de la musique classique. Toute la nuit, les deux cents membres du Caca's ont dansé comme des fous au son d'orchestres philarmoniques ou de quintettes à cordes : sarabandes, gigues, menuets, branles, quadrilles, polkas, rigodons, rondes et tarentelles. Nous tolérâmes tout de même un anachronisme : « Golden Brown » des Stranglers car il s'agit d'une valse interprétée au clavecin. Personne n'avait jamais vécu un moment aussi poétique. Quand une oreille habituée au disco synthétique n'entend que de la musique classique dans une discothèque, au début elle renâcle, se plaint, elle se sent frustrée de ses BPM habituels. Et puis, si le DJ insiste un peu, il se produit quelque chose de fascinant : l'être humain accepte de danser comme à l'époque où *Les Noces de Figaro* étaient le tube de l'été. Après tout, nos ancêtres s'éclataient à l'époque sur Mozart, pourquoi ne pas faire comme eux ? Les invités se parlaient en vieux françois ! « Oncques n'eût vu plus charmante damoiselle » ! « Nonobstant cette fâcheuse habitude que j'ai contractée de boire… » « Ma mie, vous m'échauffez les sens, dès lors je m'en vais céans vous conter fleurette, derechef et tout de go ! » Comme si des siècles de vie aristocratique ressuscitaient dans les veines de nos invités « fin de race » et exsudaient par tous les pores de ces descendants de grandes familles à châteaux en Sologne. La musique d'époque et les photophores, la hauteur théâtrale de plafond, les décolletés pigeonnants à mouches et les perruques blanches, tout contribuait à plonger ces héritiers décadents dans leur espace-temps naturel. Je me dis souvent que c'était la plus belle fête de ma vie mais cela ne signifie rien, c'est oublié, cela n'a pas d'importance, ou plutôt c'est plus profond que ça : ce soir-là, je suis entré dans un pays parallèle, ou un rêve éveillé. Je pense que l'envie d'écrire me titillait depuis longtemps mais je n'avais encore rien publié, et n'imaginais pas que cela fût possible. La plupart des invités de cette soirée sont devenus des gens très sérieux, avec des métiers importants dans le commerce ou la finance, ils sont tous pères ou mères de familles nombreuses. Dans leur existence, le Caca's Club ne constitue peut-être qu'une parenthèse festive, aujourd'hui un vague souvenir rigolo. Comme je les envie ! Comment font-ils ? Ce que j'ai découvert le soir du bal « Barry Lyndon », c'est que la carrière professionnelle ne m'intéressait pas du tout. Je ne voulais pas gagner ma vie mais la dilapider. C'est à partir de cette soirée-là que je suis devenu le moins riche de tous mes amis. Je voulais habiter dans ce dîner imaginaire, être projeté dans ce monde sublimé où les filles ressemblaient à des héroïnes des *Liaisons dangereuses*, où les hommes se battaient en duel entre deux orgies et mangeaient des cailles rôties avec les doigts en tachant leur pourpoint, où tout était plus beau, plus grandiose, plus drôle et plus libre que dans la réalité. Je n'ai plus jamais cessé de rechercher ce trouble, cette perte des repères, ce que j'appellerais... le flou artistique. Il existe des fêtes dont on ne guérit jamais. Quand je disais en commençant que la fête c'est plus que la fête, je voulais dire ceci : une fête peut changer le cours d'une vie. Elle peut devenir une échappée, une bifurcation, un refuge. Je me suis aperçu que tout ce qui m'était arrivé d'important dans ma vie s'était passé dans des fêtes. Je n'ai rien vécu d'intéressant à l'école, ni au lycée, ni à l'université. Je n'ai rencontré personne à la sortie de la messe, ni à l'armée, ni à la télévision, ni dans les réunions d'agence. Certaines fêtes fabriquent des déchets qui refuseront toute leur vie de se coucher tôt. Je fais partie, avec quelques-uns qui se reconnaîtront, de ceux qui ne se sont jamais remis du bal « Barry Lyndon » au Palace. J'aurais aimé que cette soirée ne finisse jamais, car d'une certaine façon, elle me ramenait à cette noblesse que je n'ai jamais connue, même si elle coule dans mes veines.

Et c'est ainsi qu'un matin, on se réveille célèbre, avec une terrible migraine. La veille, vous n'étiez qu'un petit étudiant inconnu qui envoyait des cartons d'invitation et collait des timbres sur des enveloppes. Le lendemain, vous êtes connu, alors que vous n'avez encore rien fait. Le Caca's Club a eu ce pouvoir, comme l'eurent, par la suite, les émissions de téléréalité. Soudain nous étions des personnalités, c'est-à-dire que nous étions passés de l'invisibilité frustrante à la visibilité creuse. Du jour au lendemain, mon téléphone sonnait tout le temps pour des demandes d'interviews ou de photos, des émissions de radio et de télévision, des invitations à des fêtes, et même pour me proposer du boulot (piges dans *Globe*, *Glamour*, *Actuel*...). Inviter ou critiquer la « bande du Caca's » était la garantie d'être furieusement tendance, en cet hiver 1987. Nous énervions, donc nous existions. La tête s'est mise à me tourner. On me saluait partout : les membres du Caca's me devaient le respect, et les non-membres se demandaient comment y entrer. Dans les rubriques « people », on nous charriait, nous décrivait comme une jeunesse dépravée, nous posait des questions sur notre habillement, nos disques préférés, nos projets d'avenir. J'étais bombardé roi de la nuit parisienne, à vingt et un ans je posais en photo dans *Vogue* avec David Guetta et Laurent Garnier, Guillaume Castel et Philippe Corti, Claude Challe et Hubert Boukobza. Cela n'avait aucun sens, et je savais bien que je n'étais pas complètement ce personnage détestable, mais pourquoi le démentir ? Les jolies filles accouraient à nos fêtes. La veille, ce que je disais ne faisait rire que mes quatre copains. Le lendemain, des beautés extraordinaires s'esclaffaient à mes moindres pitreries. La vie était un régal, seul le monde de la nuit dépose pareilles offrandes à vos pieds. Une mauvaise réputation se gagne en un clin d'œil, et se perd plus lentement. Souvent je croise des gens qui se plaignent de ne pas avoir profité de leur jeunesse. Je n'en fais pas partie. Je n'ai pas adoré mon enfance, dont je me souviens peu. Mais je me suis énormément vengé dans ma post-adolescence. À partir du bal « Barry Lyndon », je devins le spécialiste officiel du gâchis juvénile.

Oh mon Dieu, depuis combien de temps suis-je parti en fixette sur le Caca's ? C'est le danger de la kétamine : on se perd dans ses pensées, et l'on se retrouve seul à sa table, les yeux dans le vague, à ressasser des souvenirs, alors que les autres sont partis, et qu'il est de nouveau quatre heures du matin.

4 heures du matin

« Quatre heures du matin
C'est l'un des derniers verres
Dans les ombres étranges
Et les bouteilles vides
Il va falloir sortir
Dans cette rue humide
Là où le vieux malaise
Me fait presser le pas
Et je veux te dédier
Ma migraine, mon ennui
Le début de ma haine
Et le fond de mon orgie. »

Julien Clerc,
« Quatre heures du matin », 1969.

1.

Une fois, j'avais été convoqué dans le bureau de la Patronne. Le jeudi précédent, j'avais fait ma chronique en direct de mon téléphone portable, dans ma voiture bloquée dans les embouteillages, à l'entrée de Bayonne. Bref, j'avais un peu poussé le bouchon. Le bureau de la directrice des programmes avait une moquette épaisse et des étagères aux murs, où étaient rangés des CD toujours sous plastique, des livres dédicacés, des piles de DVD. J'étais attristé par tout cet art sous blister. Tous ces frais de Chronopost, dépensés en vain.

Françoise Bachelot m'avait expliqué que dorénavant, je ne pourrais plus faire ma chronique en direct de la Côte atlantique. Il fallait que je vienne à Paris tous les jeudis mais la radio ne pouvait me rembourser ni les frais de voyage, ni la nuit d'hôtel. En gros, avec ma pige de 250 euros, je perdais de l'argent en restant. J'aurais dû comprendre que je devais partir mais elle insistait pour que je continue la chronique hebdomadaire.

— Tu apportes un truc original, décalé, t'es disruptif, c'est sympa ton spa auditif, j'adore quand tu imites Modiano, c'est parfait ! Bon, ça dépend des semaines, parfois t'es un peu bancal mais ça fait partie de ta fraîcheur : on ne sait pas ce que tu vas faire, j'aime que tu prennes des risques.

Elle me demandait seulement de ne pas sortir trop tard la veille.

— Tu comprends, ça s'entend vraiment dans ta voix. C'est pas très agréable pour nos auditeurs de se lever en entendant un type dont *la voix pue la vodka*.

— Mais c'est ce que les gens attendent, non ? Que je sois fatigué... que je n'aie pas dormi... ça les amuse !

— Tu n'es pas obligé de leur donner ce qu'ils attendent. Tu étais très drôle quand tu as organisé un faux « Masque et la Plume » avec Garcin sur la campagne des présidentielles. Et si tu tiens à passer pour un noctambule, tu peux mentir ! T'as qu'à dire que t'as pas dormi, tout en ayant ronflé huit heures !

C'est embêtant d'être dirigé par quelqu'un d'intelligent. Il va être difficile d'en faire un personnage de méchante dans ma trilogie anticapitaliste. Car le véritable idiot, dans toute cette histoire, c'est moi. Je voulais jouer les nihilistes sans mettre fin à mes jours. Je voulais être un kamikaze sans me faire exploser aux abords du Stade de France. Le suicide radiophonique me paraissait la seule option permettant de concilier autodestruction publique et lâcheté physique. Françoise a poursuivi sa diatribe sur sa lancée.

— Le socle des auditeurs de France Publique, ce sont les profs. Ils ne supportent pas les cancres dans ton genre. C'est une vraie secte ! Le service public, c'est leur matrice, leur repère, leur maison. Ils nous engueulent à chaque fois que tu arrives les mains dans les poches ! Il faut que tu fasses semblant de travailler, même si tu ne fous rien.

(N'avait-elle pas compris que c'était l'inverse ?)

— L'animateur ne m'aide pas, ai-je rétorqué. J'ai connu un congélateur Blaupunkt qui dégageait davantage d'empathie.

— Que veux-tu, Nathan se protège… Il ne peut pas copiner avec tout le monde, il doit rester concentré et rendre l'antenne à l'heure.

J'entendais mes cheveux blanchir pendant cette conversation.

Je rêve d'une chronique qui ne fasse pas rire, mais pleurer. Une chronique d'une mélancolie épouvantable. Chaque matin, je raconterais tout ce qui disparaît, les génies qui meurent, la fin des oiseaux et des cachalots, le chagrin de vieillir, l'enlaidissement de mon pays… Je rêve de faire l'éloge de la Géorgie, de décrire ma future maison entourée d'églantines, dans la campagne près de Tbilissi, où le vin coulera à flots et où le pain au fromage se nommera « Hatchapouri ». Telle est mon utopie secrète. Je voudrais une chronique où je ne prononcerais qu'un seul mot : « Hatchapouri… » en pleurant, et les auditeurs se demanderaient ce qu'il signifie.

Après avoir été le Che Guevara du Flore, je veux être le Citizen Kane de Tbilissi.

2.

Un noctambule dépravé
Titubait sur une avenue dépavée.

Je sors à regret du K-hole où j'étais revenu trente ans en arrière. J'ai aimé me rouler en mon passé comme dans ces couvertures de survie dorée qui servent à réchauffer les victimes d'attaques terroristes. Je regarde les incendies éteints. J'aime l'odeur du goudron fondu sur l'avenue de la Grande Armée au petit matin. La révolution de l'Étoile provoque un embouteillage de limousines devant l'Arc. Les Saoudiens s'enfuient, persuadés que la horde va venir les piller. Ils craignent pour leurs grosses montres Hublot qui valent le prix d'un trois pièces à Livry-Gargan. Une buée bleutée flotte sur l'avenue endormie. Milica m'écrit qu'elle est partie au Raspoutine pendant mon trou noir. « Sorry, j'ai dû t'en donner un peu trop. Viens, c'est bien ici, ils passent Donna Summer. »

La kétamine est la métaphore de ma condition. Elle fonctionne en trois phases qui ressemblent à mon existence. Tout d'abord elle crée un déphasage ramolli, une perte des repères que l'on pourrait baptiser « effet chamallow », où l'individu se sent comme en flottaison sur un waterbed ou comme Louis de Funès plongé dans la cuve de chewing-gum vert de *Rabbi Jacob*. Disons que le premier trait équivaut à fumer dix pétards de White Widow ; c'est déjà très bien. La deuxième étape est la phase dite de « décorporation », surnommée le K-hole, qui fait du kétaminomane une âme errante, sans but, sans racines, une entité égarée qui plane et imagine des interactions virtuelles. En gros, le drogué reste assis, le regard éteint, et s'imagine qu'il se lève, sort dans la rue, marche, suit des gens, leur parle, observe le monde, vit des expériences… et survient alors la troisième phase, celle de l'atterrissage, où le consommateur finit par réintégrer son corps immobile, toutes ces errances n'ayant été que fantasmes irréels. Il a cru qu'il s'était levé pour se faufiler au bar ou qu'il était sorti prendre l'air mais soudain il se voit, toujours assis sur la même banquette, le menton posé sur la main. Les neurologues nomment ce type d'expérience un « état de conscience modifiée » : l'esprit se déplace loin du corps, comme si la pensée équivalait à une téléportation. La kétamine correspond parfaitement aux années 2020 où la souffrance existentielle est tellement élevée qu'on a besoin de sniffer un tranquillisant pour chevaux.

C'est la molécule du solipsisme : elle liquide toute réalité extérieure à soi. La décorporation fait passer du « je » au « il ». On se voit vivre de l'extérieur comme dans une Near Death Experience. Tous les romanciers devraient être sous kétamine, puisque c'est le produit qui transforme la vie en roman. En t'éjectant de ta propre condition et te donnant une vision extérieure de toi-même, la kétamine fait de toi… un auteur de fiction.

Plus l'époque était égoïste, plus les drogues cassaient les barrières. Après la cocaïne stimulant la parole et supprimant tout sommeil, on avait lancé la MDMA qui effaçait la timidité et rendait tactile (tout en empêchant de bander : le produit parfait pour les années sida), puis la kétamine, cet antidépresseur qui, déconnectant le cerveau du corps, t'enfermait dans une bulle ouatée. La drogue a cessé d'être sale dans les années 2010. Les produits récréatifs devenaient des médicaments officiels. Le cannabis fut légalisé dans presque tous les pays riches : les soixante-huitards avaient enfin quatre-vingts ans. Partout dans le monde, les psychotropes étaient considérés comme positifs pour la santé. La kétamine était utilisée comme antidépresseur et anesthésiant dans les hôpitaux psychiatriques. La MDMA servait à soigner les dépressifs profonds et améliorer la thérapie par la parole des schizophrènes. Le microdosage de LSD était conseillé aux États-Unis pour améliorer le bien-être et l'appréciation de la nature, comme la méditation transcendantale (Michael Pollan a écrit dans *How to Change Your Mind* ce que répètent Vincent Ravalec et Jan Kounen depuis vingt ans). La nouvelle mode était le tourisme chamanique : les bobos partaient en Amazonie boire des tisanes d'ayahuasca pour connecter leur cerveau aux autres dimensions spirituelles et cosmiques. L'embêtant, c'est que si l'on abuse des racines psychédéliques, on se met à vomir des rats vivants. C'est moins compliqué dans la jungle naturelle que dans les insurrections de la place de l'Étoile.

3.

Rencontré à l'Arc, Guy-Manuel de Homem-Christo me montre la première photographie de trou noir publiée ce matin par la NASA. Il est très impressionné par cette image du centre de l'univers. On dirait un smiley phosphorescent. Il m'explique que les Égyptiens étaient connectés avec les étoiles. Le trou noir est-il notre début ou notre fin ? Je lui parle des pochettes d'Earth, Wind and Fire, où il y avait toujours des pyramides flottant dans l'espace. Il dit que les musiciens noirs américains sont fascinés par l'Égypte ancienne parce qu'à l'époque les Africains étaient les plus puissants du monde. Nous sympathisons, entre black hole et black power… après mon black-out. Sans son casque de robot, personne ne reconnaît Guy-Man. Quel délice d'être la plus célèbre rock star du monde sans jamais faire de selfies. Vers quatre heures du matin, je lui montre des photos de ma fille et, à son tour, il me présente une vidéo de sa fillette et de son garçon. Deux barbus qui comparent fièrement des images de leurs enfants au milieu de la nuit : est-ce ainsi que notre espèce sera sauvée ?

J'ai remis une pincée de K dans un Kleenex et me suis mouché à l'envers. Au bout de cinq minutes, la poudre te rend extrêmement léger, comme si tu sortais de toi, enfin débarrassé de la prison du corps, puis quand tu regardes en l'air, la lune dans le ciel de nuit ressemble à un soleil en plein jour et là tu murmures : « Ah ouais quand même. » Et tu ris, tu ris énormément, d'un rire gentil et libérateur, sans te moquer de quiconque, simplement parce qu'un nuage devant la lune a pris la forme d'un smiley au-dessus des Champs-Élysées, la lune a un visage rond qui pleure de rire avec l'obélisque de la Concorde planté dans son œil gauche comme dans un film de Méliès. On croirait distinguer une éruption volcanique avec de la lave orange dégoulinant de l'œil crevé lunaire. J'ai du mal à croire que la kétamine soit un anesthésiant légal car elle dérange l'ordonnancement de la réalité, lui conférant un tremblement réaligné comme des diamants sur une tiare entourée de cheveux au vent. Je sais que la phrase précédente n'a aucun sens, elle a été écrite sous influence, mais je vous jure qu'elle me semblait claire sur le moment, tout comme la suivante : *le feu fin court sous la peau poudroie*. Arriver à écrire, voire se déplacer dans ces conditions constitue un exploit. L'Arc et le Raspoutine se situent de chaque côté de l'Étoile mais j'ai eu l'impression de mettre un millénaire à traverser la place gorgée de filaments reliés à la lune ensoleillée. Je me suis aperçu dans la vitrine cassée du Drugstore Publicis : j'avais une tête de clown, deux yeux noirs géants entourés de peinture blanche et un sourire élargi, les lèvres gonflées. Et je me disais que je n'avais pas besoin de choisir entre réalité et fiction. L'euphorie kétaminée te met dans un mood bubble d'élasticité. Phénomène de dissociation. Tu te sens spectateur plus qu'acteur de ta vie. Le monde se dématérialise comme dans *Inception*. Soudain tu te retrouves dans un autre décor sous la pluie. Le K-hole c'est *Interstellar* : tu vois des pixels et tu as l'impression que ta vie est une simulation. Tu fais des mimiques bizarres comme si tu cherchais une conclusion incompréhensible à un raisonnement oublié. Ou comme si tu nageais en apnée dans une piscine violette, sous un ciel d'acajou mou, ébloui par un mur de néons aveuglants au fond de l'eau, sur une musique de Purcell.

Tout était cassé rue de Bassano, les motos, les scooters, les pare-brise des SUV, mais le Raspoutine était intact. La guerre civile épargnait étrangement les discothèques. Je n'appelais plus mes amis à Paris par crainte de les déranger dans leur vie rangée, je n'osais plus leur donner le spectacle de mon immaturité solitaire. J'étais seul non par timidité mais par orgueil. C'est peut-être la même chose : de la peur déguisée en teuf. Aux amitiés d'une vie avaient succédé les camaraderies d'une nuit. Ce sont des rencontres d'une intensité maximale mais éphémère : on se dit tout, et puis on s'en va, sans se dire au revoir.

— Milica, tu m'as laissé tomber comme une merde.

— Poor darling, je t'ai répété souvent qu'on ne pouvait JAMAIS compter sur moi.

— J'aimerais t'emmener immédiatement dans un sex-shop pour essayer tous les produits sur place.

— Octaaav... Pardon d'être partie pendant ton bad mais j'ai reçu un sms d'un Mexicain qui paie mieux que toi. Et en plus il n'arrive jamais à bander : win-win situation.

— La tequila c'est traître.

Comme il est horrible d'avoir sans cesse envie de femmes indifférentes. C'est aussi con qu'un mec qui se donnerait des baffes sur les joues toute la journée. Pourquoi est-ce que j'aime si vite les gens ? Est-ce un défaut de vouloir embrasser tout le monde ? Les filles ne dansaient plus, elles restaient assises, le visage éclairé en bleu pâle par l'écran de leur iPhone 77. Leurs bouches s'ouvraient lentement, comme si elles parlaient sous l'eau. Je mettais mes lunettes sur mon nez pour essayer de lire sur leurs lèvres. Je relisais mes notes sur mon carnet. Le feu fin court sous la peau poudroie.

Mon sport favori consistait à monter et descendre les escaliers rouges du Raspoutine tandis que

Milica buvait de l'alcool avec ses fiancées ; aux poupées modèles, les consommations sont offertes par l'établissement. Le quinquagénaire en boîte de nuit peut être considéré comme le sommet du pathétique. Sans doute aussi avais-je peur d'être heureux. L'image du père de famille bourgeois ne correspondait pas aux modèles que les années 1980 ont inculqués aux abrutis dans mon genre et je continuais à me salir, confondant murge de vieillard avec rock'n'roll attitude. En remontant du sous-sol, je croise une grande fille blafarde, au teint cireux, aux cheveux sales, aux joues caves et à l'haleine de cendrier. Une vraie toile expressionniste, agrippée à une colonne torsadée.

— Hey, Octave ! Tu es là !

— C'est exact.

— Arrête, je t'en supplie, de jouer de la « air guitar ». C'est interdit depuis 1997.

— C'est ça ou je tape dans mes mains.

— Tu vas dire quoi dans ta chronique dans quatre heures ?

— Hatchapouri.

— Waow ! Tu vas déchirer !

Je ne réponds plus, je suis paralysé, non à cause de la drogue mais parce que je viens de reconnaître Dea sur la piste de danse.

4.

Bleue fluorescente, Dea se déhanche, Dea se démultiplie sous les stroboscopes. Dea lève les bras dans ses cheveux et pivote comme sur la scène du Crazy. Les cheveux redescendent sur ses épaules nues comme des spaghettis à l'encre de seiche sur une lune gothique. J'oublie instantanément l'existence de Milica, je marche droit vers Dea, la danseuse mariée et gréviste qui ne répond pas aux sms. J'ai une enclume dans le ventre alors que j'ai complètement oublié de manger ce soir. Dea vient de shooter la dernière campagne Dim. Ses fesses ont fait scandale, agrandies sur un grand magasin. La mairie de Paris a fait pression pour que le magasin retire le cul de Dea sur 20 mètres de hauteur. Au club de gym, Dea m'avait raconté cette censure féministe.

— Avant j'étais un sex symbol, maintenant je suis un symbole sexiste.

— Les temps changent, lui avais-je répondu. Moi par exemple, jamais je n'aurais cru qu'un jour je m'intéresserais à mes points de retraite. Eh bien aujourd'hui c'est ce qui me passionne le plus : ai-je bien cotisé ? Combien je toucherai ? À partir de quel âge pourrai-je cesser de bosser ?

Dea enlaçait une fraîcheur blonde à gros seins débordant d'un débardeur de soie. J'ai vidé mon verre avant d'oser chuchoter à son oreille.

— Tu portes un parfum Victoria's Secret mais je t'aime quand même. Tu étais sublime quand tu t'es mise en grève ce soir. Tu sais quoi ? J'appelle un Uber. Je te ramène au Travellers et on prend un bain moussant. Je te parfume avec Mûre et Musc. Et on pourra enfin s'embrasser.

Dea m'a regardé avec le même visage qu'un juré de « The Voice » quand le candidat chante faux. J'ai fixé ses salières pour ne pas affronter ses yeux de chat sauvage.

— Tu ressembles à une peinture de Klimt. Ton corps m'intéresse. Est-ce une injure ?

— Disons que c'est un peu réducteur.

— Si tu pouvais voir en moi comme mon cœur est pur, tu balaierais mon masque de phallocrate obsolète.

Mon visage dans le miroir de l'escalier semble plastifié comme celui de Christian Audigier quand je le fréquentais à Los Angeles, chez Spago, peu avant sa mort (à cinquante-sept ans).

— Pourtant je ne te demande pas grand-chose : un petit spectacle privé. Et ensuite tout le monde rentre à la maison. Si tu veux, je peux te payer.

J'ai l'impression que le disc-jockey passe The The mais c'est impossible qu'il connaisse, ce doit être un sample.

— Tu trouves ça drôle de me traiter de pute ?

— Pardon ?

— Tu crois que c'est marrant d'entendre ces conneries tous les jours ? De se prendre des mains au cul à chaque fois que tu portes une jupe ? Ou pire : un doigt dans la chatte ?

— Mais… Je disais ça pour plaisanter…

— Je les emmerde tes plaisanteries de merde ! C'est à cause de ces blagues misogynes que je me prends des doigts dans le trou à chaque fois que je sors en boîte !

— Si c'est vrai, tu devrais porter plainte, c'est du viol.

— Hahaha ! Porter plainte ? Tu sais ce qu'ils font les flics quand, une fois sur mille, je suis allée au commissariat ? Ils rient. Comme toi. Tout le monde se marre ! Un doigt dans la chatte d'une danseuse du Crazy, c'est tellement rigolo ! Connards ! Bande de connards !

— Mais ça veut dire que tu es jolie, que tu plais, cela n'a pas que des inconvénients dans notre monde d'apparences… d'être séduisante. C'est une chance, non ?

Dea me déteste vraiment. La colère grandit en elle, ses yeux se dilatent, ses narines se plissent, elle bout littéralement sur place. Je sais ce que vous craignez que j'écrive : que ça la rend sexy. Mais non. Un lance-flammes n'est pas sexy. Un bulldozer n'est pas sexy. Une cocotte-minute n'est pas sexy. Une victime d'agression sexuelle n'est pas sexy. Oui, sous kétamine, je pense comme Marlène Schiappa.

— Regarde mon jean, dit Dea. Je suis rentrée me changer après le boulot parce que j'ai la trouille de mettre une jupe et des collants. Et sais-tu pourquoi, sale merde rétrograde ? Parce que les collants, on peut les déchirer avec un doigt. Après le spectacle, je suis rentrée enfiler ce jean parce qu'on ne peut pas transpercer le denim aussi facilement que le nylon.

Elle pleure maintenant, Dea. Je ne sais plus où me foutre. J'aimerais la serrer dans mes bras mais elle me giflerait. Je voudrais qu'elle sache que je ne ferais jamais ça mais je ne suis même pas sûr que ce soit vrai. Certes, je n'ai jamais doigté une fille par surprise dans un escalier. Mais je n'ai pas toujours demandé la permission. Par exemple, quand j'embrasse une femme que je connais à peine, mes mains descendent vite sur ses seins. Puis dans la culotte. Cela prend quoi ? Cinq minutes ? Dix minutes après le premier baiser ? Et si la personne voulait juste être embrassée sans être caressée plus bas ? Comment ferait-elle ? Devrait-elle crier « pouce » pour ne pas recevoir un index dans la culotte ? Étais-je un putain de violeur sans le savoir ? Combien de femmes ont couché avec moi par politesse, sans envie ni plaisir, juste parce qu'elles avaient la flemme de refuser ?

Finalement, Dea s'excuse et c'est encore plus gênant.

— Pardon, je suis désolée de m'énerver comme ça, tu n'y es pour rien mais je te jure fallait que ça sorte. J'en peux plus d'être prise pour un morceau de viande qu'on peut tripoter tout le temps.

Je regrette d'avoir avalé un Cialis avant de sortir. Un souvenir vient à mon secours. J'avais organisé le Bal des Dégoûtantes le 13 décembre 1993. Les mecs les plus coincés de Paris étaient tous habillés en duchesses. Coiffés par Alexandre Zouari, portant des robes de haute couture prêtées par Christian Lacroix. Une soirée *genderfluid* ! J'avais adoré cette impression d'être une femme, assez laide, mais tout de même draguée toute la nuit par des hommes. J'avais foutu des vents à la moitié de l'aristocratie française. Je lui raconte :

— Moi une fois j'ai eu une main au cul quand j'étais habillé en robe. Au Queen. Avec doigt dans la raie bien appuyé. J'ai pas aimé parce que je me suis dit : tu l'as bien mérité, t'es qu'un petit con d'hétéro qui va s'encanailler dans une boîte de pédés.

— Voilà ! Tu te victimises alors que t'as rien demandé ! Ça fait chier, merde ! On veut juste s'habiller sexy pour boire un coup, à la rigueur baiser avec quelqu'un qui nous plaît, mais pas se sentir coupable de se faire agresser en permanence. Tu vois ce que ça fait ! Imagine ma vie. Moi, je suis au Bal des Dégoûtantes tous les soirs.

Je crois que je vois ce que cela fait. La notoriété, même faiblissante, donne la même impression. Les gens qui te jugent, te regardent et parlent de toi, devant toi, sans la moindre discrétion. Être en représentation, même quand on est moche, pas en forme, fatigué. Être espionné tout le temps y compris quand on est sale, mal habillé et occupé. Interrompu quand on parle avec sa fille, dérangé sans préambule, juste parce qu'on a commis le crime d'exister. Mais les fans ne glissent pas de doigts dans mon anus donc je ne peux imaginer la rage que ressent Dea.

— Je croyais que tu étais fidèle à ton mari. Et je te retrouve ici alors que tu ne réponds pas à mes messages. Je souffre comme une brute.

— Ne dis pas de bêtises, tu as envie de me sauter, c'est tout. Et puis je te rappelle que tu es marié, toi aussi.

Ah.

Voilà, il fallait que cette information parvienne jusqu'ici.

5.

Lors de ma retraite de Russie je suis passé par une fête en Suisse... Ma vie a changé dans une soirée sur les bords du lac Léman, il y a dix ans. Je suis tombé amoureux en trempant des meringues dans la double crème de gruyère (et ceci n'est pas une métaphore obscène). Mon existence est devenue simple et douce, pourtant mon cœur bat très fort en écrivant ceci. Aujourd'hui je suis marié et père de famille. J'habite dans un village au bord de la mer, à mille kilomètres au sud de la capitale. Je viens à Paris un soir par semaine, la veille de ma chronique sur France Publique. J'ai le trac, alors je sors. Je suis heureux, alors je me mets en danger. Je traque l'insécurité.

J'ai la vie du papa de T'choupi. Je suis réveillé tous les matins par un bébé qui réclame son biberon, je sens sa chair chaude peser sur mon torse, les mini-pieds se cambrer contre mon ventre. Dans le jardin, un hamac se balance entre deux platanes, les tourterelles dansent sur les branches des pins, le merle réveille les dernières abeilles de la terre. Les pâquerettes fleurissent la pelouse verte comme des flocons de neige épars. Le grondement de l'océan couvre parfois les babillages du bambin. Le ciel change tout le temps, du gris perle au bleu pâle, du rose clair au pourpre foncé, du jaune orageux au noir tempête. Ma vie consiste à sourire face à la montagne lointaine et rassurante. Si seulement j'étais moins con, je serais fichu d'accepter mon bonheur.

Avoir des enfants sert à perdre son nihilisme. La paternité permet aux hommes de savoir très exactement ce qu'est l'amour. L'amour est une coulée chaude qui remonte du ventre et descend dans les coudes. Ce phénomène électrique s'observe systématiquement chez l'homme qui serre avec sa main la cuisse de son enfant. La paternité, c'est de la pédophilie platonique.

Octave Parango a la vie du papa de T'choupi. Sa maison ressemble à celle de tous les dessins animés pour enfants de deux ans. Il y a un jardin autour, un chien, un chat, comme dans *Petit Ours brun*, *L'Âne Trotro* ou *Boule et Bill*. Un petit garçon qui rampe par terre comme dans *Peppa Pig*. Un monde aux couleurs vives comme sur Baby TV. La vie d'Octave est exactement celle que l'on raconte aux bébés du monde entier pour les endormir. Octave Parango ressemble physiquement au papa de Franklin : un homme heureux est une tortue bossue avec un sourire niais.

J'étais devenu la caricature de moi-même, mais ce n'était pas ma vraie vie. Depuis le Caca's Club, dès qu'il fallait citer un crétin alcoolique, un snobinard drogué, c'est mon nom qu'on entendait, et je me pliais poliment à ce qu'on attendait de moi. Je voulais correspondre au personnage que le cinéma avait fait de moi, au lieu de reconnaître que j'étais un père de famille épanoui. Je pense qu'il y a un Octave qui sommeille en tout homme. C'est lui qui, le soir de Noël, a envie de finir la prune cul sec. Lui qui, quand tout va bien, te souffle à l'oreille que tu t'amusais mieux quand tout allait mal. C'est Octave qui te laisse croire que ce serait une bonne idée de foutre un peu la merde dans ta vie rangée. C'est ce gros connard autodestructeur qui est en chacun de vous, messieurs, et qui vous pousse à rechercher de vieux numéros de dealers dans votre portable un mercredi soir, après un week-end de bonheur parfait avec le sosie de Jackie Onassis et vos enfants. C'est son petit Octave interne qui pousse un ministre de l'Intérieur à descendre des shots de vodka au Noto avec des minettes pendant que Paris brûle. L'abus d'Octave est dangereux pour la santé : à consommer avec modération.

Maintenant Dea me prend pour son ami. Autrefois, l'humour me permettait de m'approcher des filles. Le problème, c'est que j'entre trop vite dans ce qu'on appelle aujourd'hui la « friend zone ». À force de les amuser, je deviens leur copain et non leur amant. « Femme qui rit à moitié dans ton lit » est une grosse arnaque. Le vrai dicton devrait être : « Femme qui rit, mec pas sexy. » C'est peut-être la cause de ma vindicte anti-rire : l'humour m'a longtemps privé de sexe. Évidemment, le jour où une belle Suissesse m'avait dit oui était devenu instantanément le plus beau de ma vie. J'avais été foutu de l'épouser, de lui faire des enfants même ! On ne réfléchit plus, on plane sur un nuage quand une beauté consent à nous aimer. C'est tellement rare et compliqué. Quelle fête !

— Je ne veux jamais être ton ami, Dea. Jamais.

— Tu as tort. L'amour platonique dure toute la vie.

— Je suis triste. J'ai mal quand je te vois et tu t'en fous.

— Mais non, je ne m'en fous pas. Arrête de faire ta tête de bébé phoque, Octave.

J'aimais bien quand les femmes chuchotaient « fuck me » dans mon oreille, pourquoi veulent-elles me rendre sage alors que je le suis déjà ? Il est absurde de me reprocher mon autodestruction hebdomadaire alors que l'ensemble de l'humanité bousille son environnement quotidiennement.

6.

Dea m'a tout de même embrassé sur les lèvres, poliment, pour me dire au revoir, ou par simple compassion, ou pour se débarrasser de moi, avant de faire ce qu'elle sait faire le mieux : disparaître. J'ai tripoté dans ma poche le sac de kétamine. Je me souviens de ma première rencontre avec le calmant pour chevaux, lors d'une soirée mousse que j'avais organisée avec David Guetta au Queen. Trente ans plus tôt, sur cette même avenue, j'avais dirigé un énorme canon gorgé de bain moussant sur quatre cents invités du Caca's Club. C'était une des premières « foam parties » à Paris et les gens ignoraient qu'ils sortiraient trempés des pieds à la tête en plein hiver avec les yeux brûlés par le savon, et leurs mocassins à 4 000 francs qui feraient floc-floc. Certains avaient failli mourir noyés, d'autres étaient plus émoustillés de s'être fait presser les couilles par des gays ecstasiés. Les plus malins se protégeaient les yeux en levant leur tee-shirt sur leur visage… avant de replonger vers les seins siliconés des drag queens.

Trente ans après… devant le 102 Champs-Élysées, les canons à eau étaient ceux que la police dirigeait sur les manifestants réclamant une augmentation du SMIC. Les flammes de Porsche éclairaient la façade du Queen où j'ai pris ma première ligne de Special K. Je me souviens qu'on s'amusait à hennir à tour de rôle en mimant le trot d'un pur-sang à l'hippodrome de Longchamp. Rachid Taha m'avait expliqué le lendemain qu'il s'était couché à quatre heures… Je lui avais dit « espèce de couche-tôt » et il avait fini sa phrase : « … de l'après-midi. » Il est mort l'an dernier, il peut enfin se reposer. Et je pense aux islamophobes qui s'éclatent à donf sur « Ya rayah » dans tous les Macumba de France. Aux milliers de racistes qui gigotent comme des dingues sur son rythme arabe, sensuel et électronique. Il est probable que Rachid Taha a plus aidé les musulmans à se sentir à la maison dans ce pays qu'aucun autre artiste que je connaisse. La fête peut être utile, parfois. Paix à son âme.

7.

Pourquoi, tous les jeudis matin, ai-je envie de me rouler par terre en pleurant ? C'est simple : je ne supporte plus la moindre malveillance. Je suis censé être l'individu le plus blasé de mon pays mais je n'ai plus de carapace. Quelque chose en moi s'est craquelé. Je voudrais rentrer à la maison, au bout du train il y a une petite gare, où une brune aux seins ronds aux sourcils dessinés aux pupilles bleues aux dents pointues et à la fossette qui se creusera comme un nombril sur sa joue quand elle me verra descendre du train, tiendra dans ses bras un chérubin dodu aux yeux clairs qui gazouillera au comptoir du Poinçon, avec une petite blonde qui ne se nourrit que de framboises de myrtilles et de mûres qui poussent dans mon jardin, et quand je montrerai ma tête au bébé, il dira « tête », et ses pieds seront des pains au lait Pasquier. Ceci n'est pas une image : ses petits pieds ont vraiment la consistance, la forme et le goût d'une brioche, parce qu'il boit tellement de lait qu'il en est rempli jusqu'aux extrémités. Et le soleil brillera sur les vagues où glissent des barbus qui tiennent debout sur l'eau comme des Christ en combinaison de plongée. C'est là que je voudrais être tout de suite : au bout du train, là où l'océan et le ciel fusionnent dans le violet, dans le dernier village de France où chantent encore les oiseaux, et quand je dirai « patati », le bambin répondra « patata ». Avant de savoir parler, le bébé a déjà intégré la futilité du langage. Il a compris que nous ne faisions que bavarder. Il s'en amuse. Nous jacassons devant lui toute la journée et le seul mot qu'il daigne prononcer est ironique : Patata.

Il faut que je dirige mes pas vers la gare Montparnasse, en visant entre les tombeaux de Charles Baudelaire et François Weyergans. Je trouverai la voie du TGV et de la rédemption. Fais attention mon fils, en mon absence, ne te brûle pas en touchant le sèche-serviette, ne tombe jamais dans les escaliers et n'avale pas de petites pièces de Lego qui pourraient t'étrangler, j'ai tout le temps peur que tu te blesses, je rentre, je reviens vite pour te protéger et on dansera encore avec ta grande sœur sur « La poupée qui fait non » en sautant sur le lit. Je t'en prie, pardonne papa pour ses insomnies, il va chercher des histoires à Paris pour te ramener de quoi manger, les aventures de ton père le rendent très seul sans toi, mon fils.

L'art était devenu post-ironique, feel-good, premier degré, je voulais m'adapter, écrire des gentillesses, des phrases bienveillantes, me muer en bienfaiteur de l'humanité. Dans la vie réelle, les humains n'avaient jamais été aussi égoïstes et méchants les uns avec les autres, mais ils lisaient des romans gentils, allaient voir des films altruistes, écoutaient des chanteurs positifs, plébiscitaient les divertissements gnangnans. Il me revient une tirade de David Foster Wallace sur le rôle des blagues en Amérique. Je ne m'en souviens pas par cœur : j'ai arraché la page du livre et je la garde toujours dans la poche de ma veste. « Il y aurait probablement des tas de livres à écrire et à publier aux Presses universitaires John Hopkins sur la fonction proche du babil qu'a l'humour dans la psyché américaine contemporaine. Pour faire vite, voici ce qui se passe : notre culture actuelle est, à la fois dans son développement et dans son histoire, adolescente. Et puisqu'il est admis que l'adolescence est la période la plus stressante, la plus effrayante de la croissance humaine – le moment où l'âge adulte, auquel on prétend aspirer, commence à devenir un système réel, qui va rétrécissant, de responsabilités et de limites (les impôts, la mort) et où on soupire, en son for intérieur, après cette oublieuse innocence enfantine que l'on prétend dédaigner, il n'est guère difficile de voir pourquoi, en tant que culture, nous sommes si sensibles aux formes d'art et de divertissement dont la fonction première est l'évasion. » Nous nous tournons vers les blagues pour échapper à nous-mêmes ; l'humour est censé alléger cette réalité déprimante : mort-et-impôts. David Foster Wallace luttait contre l'humour, cette illusion d'immaturité, il croyait à l'émotion et à la sincérité, mais son suicide à quarante-six ans ne rassure pas sur la pérennité de sa démarche. En gros, l'homme ironique ne construit rien mais l'homme anti-ironique perd la vie. Je suis d'accord pour dire que l'ironiste se moque de tout pour éviter d'avoir à dévoiler ce qu'il pense : rien. Mais l'a-ironiste est si vulnérable qu'il se pend à la première contrariété. Pourquoi m'a-t-on si souvent traité de cynique alors que le terme exact est « survivaliste » ?

5 heures du matin

« No fun, my babe
No fun. »

Iggy Pop and The Stooges, « No Fun », 1969.

1.

C'est
FOU
QUETS
(Tag sur la devanture du restaurant incendié)

La toile rouge de l'auvent a pris feu au-dessus de la véranda. Les flammes léchaient le premier étage, celui où j'ai si souvent dédicacé mes livres (aux rencontres du MBC).

Puisque brûler le Fouquet's est plus efficace que quatre décennies de plaisanteries, je décide de fomenter, une fois encore, un attentat, mais radiophonique cette fois, qui sabotera définitivement le totalitarisme des comiques troupiers. Je vais arriver sans texte. Je serai le premier chroniqueur sans papier ! Je vais lancer un appel à la grève du rire, à la démission collective et à la décroissance mondiale. Je voudrais décréter un carême de l'humour. Trois minutes de jeûne du hahaha. La chronique ultime serait trois minutes de silence. Une soudaine interruption volontaire du bavardage, un hymne à la paresse et à la nonchalance dans le studio du stakhanovisme suprême. Un happening à la John Cage mangeant une pomme. L'humour le plus noble est celui de Tzara, sans aucun sens, et des Hydropathes, des Zutistes, des Rienistes et des Jemenfoutistes, des Hirsutes et des Fumistes dans les cabarets parisiens à la fin du XIXe siècle, les ancêtres de Groucho Marx. L'idée politique de ne rien faire est empruntée à *L'An 01* de Gébé. La décroissance, le ralentissement général passent par la cessation du travail. Oui, ce serait bien qu'un homme ivre lance un appel à la sobriété. La grève c'est la vie enfin vécue. Les gilets fluos sabotent la consommation à outrance. En décrétant un jour de grève par semaine, ils croient lutter pour les fins de mois mais en gâchant Noël, ils luttent aussi contre le réchauffement climatique. Leurs gilets devraient être verts.

— T'as une de ces têtes ! Tu devrais boire un kombucha-vodka ! me lance Manon, une jeune romancière qui monte dans un taxi en sortant du Raspoutine. Tu vas où ?

— À l'inauguration du Medellin.

— Monte ! Tu ressembles à Octave Parango en plus pauvre. Tu es bien Parango, l'auteur de *Putes mouillées* ?

— Oui, enfin, faut remettre ce titre dans le contexte d'une époque… Révolue, Dieu merci… Et dont je voulais dénoncer le machisme… Le héros est un gros porc mais c'est pour dénoncer la masculinité toxique...

— Ton problème c'est que tu te crois toujours en 1998.

— Personne ne m'a préparé pour 2020, je n'étais pas prêt, je ne suis pas conformé pour cette décennie.

— Ne t'inquiète pas : l'hétérosexualité reviendra à la mode.

Quand elle rit, Manon dévoile de petites babines voraces. C'est Emma Stone dans *La La Land*, en plus parisienne, c'est-à-dire moins touriste. On sent que Manon a bu beaucoup de bières dans les clubs de jazz de la Huchette. Sa mèche est décoiffée comme les lycéennes de la rue Mouffetard. Ses cheveux sentent la cigarette : mi-Cendrillon, mi-cendrier. Elle chausse du 40 pour un mètre soixante-dix mais ce n'est pas gênant ; c'est sans doute une conséquence de l'alimentation génétiquement modifiée des années 2000. Manon est le genre de filles qui croient que le but de la vie est de fumer des Camel à la Contrescarpe en analysant l'art dramatique de Valère Novarina. Et qui préfèrent « faire l'amour » que « baiser ». Craquante enfant. Je ne parviens pas à distinguer si elle se parfume au pamplemousse rose ou au fruit de la passion. Il faudrait s'approcher plus près mais ce serait illégal. Le plus fascinant chez elle sera sa manière de démentir tous mes préjugés dans les pages qui suivent.

L'ancien Baron a encore changé de nom. C'est l'inauguration de la nouvelle formule cette nuit, avec un néon « Chez Pablo » au-dessus de l'entrée, avenue Marceau. Quand je pense à tout ce qui m'est arrivé dans un endroit aussi minuscule. J'ai rencontré une actrice avec qui je suis resté deux ans. J'ai fait l'amour derrière le rideau du DJ avec une journaliste de *Elle*. Une amie éditrice a failli mourir d'une overdose de coke dans le couloir des poubelles. La chanteuse Björk a mixé seins nus. Kate Moss s'est battue avec Jamie Hince parce qu'une groupie l'avait regardé. J'ai été placé en garde à vue après avoir sniffé une ligne sur un capot de voiture devant la porte. Que restera-t-il de tout cela si je perds la mémoire ?

— Je suis tout le temps très très très fatigué.

— Tu as essayé de… dormir parfois pour voir ?

Manon est écologiste radicale. Elle veut manifester, elle aussi.

— Toi tu t'en fous, tu vas bientôt crever. Mais pour nous les jeunes, c'est pas cool d'avoir salopé l'environnement.

— En l'an 2000, j'ai saboté une campagne publicitaire pour les yaourts Madone sur TF+. J'ai tenté d'avertir le public des dégâts écologiques de la publicité. C'était il y a vingt ans et personne ne m'a écouté.

— Tu tries tes déchets ?

— Oui mais crois-tu sincèrement qu'il suffira de trier les cartons, le plastique et le verre pour éviter notre extinction ? La police devrait arrêter les bagnoles non électriques, rendre le vélo obligatoire comme en Chine sous Mao, clouer les avions au sol jusqu'à ce qu'on généralise les avions solaires. Il faut vendre la viande rouge au prix du caviar, interdire la pêche au thon et au cabillaud, le miel non bio, les vêtements en fibres non naturelles, les emballages non recyclables, et sur le modèle de la loi Évin, fermer Monsanto et tous les producteurs de glyphosate, classer les forêts, verbaliser les citoyens qui consomment trop d'eau du robinet (ou réglementer le nombre de mètres cubes par habitant), interdire l'agriculture non biologique…

Moi, vous me connaissez : quand je suis lancé… Manon hallucine. Elle pensait tomber sur un vieil hédoniste et se retrouve face à un fasciste vert. Manon m'a agacé en m'accusant d'être responsable de son malheur. Moi, le libertaire des années 1980, je suis devenu le pire prohibitionniste des années 2020. Manon a l'âge de Lena, ma fille aînée. C'est fou comme la paternité transforme les gens. Manon, comme Lena, est l'enfant gâtée d'un enfant gâté. Et moi je suis devenu un millennial : le cynique veut à présent sauver le monde. C'est un peu tard. Comme si le chanteur des Ramones reprenait des titres d'Anne Sylvestre.

— Les citoyens qui ne recyclent pas leurs déchets devraient payer une amende de 1 500 euros comme les clients de prostituées. Interdiction immédiate des SUV diesel. Procès à Evian et Vittel qui continuent de fabriquer des bouteilles en plastique.

— T'as raison. Les manifestants qui incendient le Fouquet's devraient surtout attaquer les aéroports, comme à Notre-Dame-des-Landes. Bloquer le décollage des EasyJet et Ryanair !

Manon danse, un Melon Colada à la main. C'est la mode des escarpins qui laissent voir la naissance des doigts de pied, comme des raies du cul au bout des orteils. Hypnotisé par les stroboscopes, je me crois revenu en 1985. Il y a peu de différences finalement. La même musique (« Got To Be Real » de Cheryl Lynn). Les mêmes tee-shirts noirs. La même vodka-glace. La même frénésie du vide, la même danse pour rien. Parfois je repense à toutes ces heures passées sur les tabourets des clubs à écouter « Got To Be Real »… Mises bout à bout, que sont devenues ces années entières plongées dans la fournaise des BPM, à hurler dans des oreilles sourdes pour tenter de coucher avec des êtres oubliés ? Contrairement à Proust, je ne regrette pas le temps perdu. En fait, je n'aime rien perdre du tout.

2.

Je suis grotesque au Medellin. Je me souviens du Baron quand j'avais trente-huit ans, c'était déjà trop vieux mais je n'étais pas le seul de mon âge. Ici toutes les filles ont l'âge de Lena. Le directeur du club m'a reconnu et a posté un garde du corps à côté de nous pour refuser les « égoportraits ». La bouteille de vodka est offerte. Manon est épatée. Le Medellin a gardé le concept des toilettes insalubres du Baron où nous avons pataugé dans l'urine de 2005 à 2009, mais désormais ils sont gardés par une dame-pipi portant un masque de protection sanitaire en tissu blanc, comme dans les laboratoires clandestins de Pablo Escobar. Dans le couloir trône son portrait entouré de bougies. Je ne sais pas s'il est comique ou stupide de vénérer l'homme qui nous a tous rendus paranos pendant trois décennies. Mais j'aime ce mauvais goût baudelairien.

Manon effectue une thèse en Sorbonne sur la décadence. Elle lit uniquement les auteurs de la fin 19e, le masochiste Villiers de L'Isle-Adam en tête et ostensiblement (à la terrasse de l'Avenue), mais son mémoire analysera surtout *Les Chants de Maldoror* et *À rebours*.

— Je préfère Durtal à des Esseintes. Au moins il a un but : le monastère.

— Parce qu'il faut un but dans la vie maintenant ? Franchement Octave, cette vulgarité ne vous ressemble pas.

— Vous verrez, Manon, on change… Il arrive un jour où l'on remplace le désir des tortues incrustées de diamants par un besoin de génuflexion.

Elle passe ses journées au musée Gustave Moreau et ses nuits au Medellin. En 1880-1890, le mouvement décadentiste procédait d'un refus du progrès technique. Les décadents se tournaient vers l'occultisme, le spiritisme, le sexe dépravé et les drogues dures (absinthe, éther, opium) par angoisse de l'industrialisation. La situation est identique aujourd'hui : il faut inventer le terme de « néo-décadents » pour désigner quelques névropathes ayant fui la révolution numérique et la digitalisation de l'humanité dans le chemical sex et la décorporation sous kétamine. La disparition de la vie privée et le basculement dans une société de surveillance constante explique logiquement ce sursaut d'hédonisme autodestructeur et ce plongeon dans l'illégalité (toxicomanie et prostitution). Quel prétexte fantastique ! Quel alibi merveilleux pour retourner à la clandestinité ! Sniffer des traces de Special K sur les seins d'escorts engodées est un acte de résistance à l'espionnage de Mark Zuckerberg. Octave admire le squelette de Manon. Il voudrait réaliser le rêve de Sarah Bernhardt : lui greffer une queue de panthère. Si l'on ne trouve aucun moyen de sauver l'humanité, alors il faudra se complaire dans le morbide et l'artifice. Il nous reste quelques années de luxure avant la mort et/ou l'apocalypse. Aux gilets fluos des déçus du capitalisme, Manon préfère le plastron rouge de Théophile Gautier.

— Octave, pratiques-tu l'acédie ?

— C'est un beau mot, le fait qu'une jeune femme le connaisse me comble. Mon modèle est Verlaine, bourré, fauché, oublié et seul, sur la place Monge, entretenu par sa vieille mère Stéphanie… Il faut que tu lises le Sar Péladan, *Le Vice suprême* (1884).

Manon sort de son sac à main un roman acheté chez un bouquiniste : *Les oiseaux s'envolent et les fleurs tombent* d'Élémir Bourges (1893) !! Octave est estomaqué.

— Lis-moi ton passage préféré !

— « C'était une fille maladive, exaltée et même un peu folle, pleurant et riant sans motif, de gros yeux bleus toujours étonnés, les pommettes extrêmement saillantes et des mâchoires de prognathe… »

Elle a déclamé ce paragraphe à haute voix pour couvrir une salsa de Tito Puente.

— On dirait ton portrait ! Connais-tu *Monsieur du Paur*, le roman sadien de Toulet (1898) ? « Il y a dans l'amour un moment où l'on oublie ses prénoms réciproques : les dames s'en tirent en appelant leur mère, qui heureusement ne vient pas. »

Son sourire est carnassier. J'attends avec impatience le moment où elle me mangera.

— Crois-tu que lire des auteurs oubliés nous rassure sur notre aléatoire postérité ?

— Non, c'est que nous le serons aussi. On les lit par solidarité dans l'amnésie future.

Manon pétille, je m'en rapproche, à la vitesse d'un millimètre par seconde.

— Moi, dit-elle, mon idole est Louis II de Bavière, en son château de Neuschwanstein, errant de pièce en pièce avant de se noyer dans le lac de Starnberg en 1886…

— Oh mon Dieu, pourquoi ai-je ce goût pour l'inachèvement, l'immaturité…

— La jeunesse ? T'inquiète pas, Octave, si tu veux me baiser, je suis OK.

Les femmes savent parfois aplanir les problèmes par leur pragmatisme.

— Peux-tu répéter ce que tu viens de dire ?

J'enclenche le dictaphone de mon portable. Manon se penche vers le micro intégré.

— Si tu as envie, je suis d'accord pour piner.

— Précise bien que tu n'es pas ivre ni intoxiquée.

— Ze suis en pppleine posssezzion de mmmes moyyyens.

— OK laisse tomber, ce consentement ne tient pas une seconde devant une cour d'assises.

Enfin débarrassés de la pression sexuelle, nous décidons d'écrire le manifeste des néo-décadents sur une serviette en papier.

3.

LISTE DES POINTS COMMUNS ENTRE LES DÉCADENTS DU XIXe ET CEUX DU XXIe SIÈCLE :

— allergie à une révolution technique (industrialisation au XIXe, digitalisation au XXIe) ;

— crainte de l'avenir (guerre ou réchauffement) ;

— sur fond de montée du nationalisme ;

— on fait la fête au bord du gouffre (avec des danseuses de l'Opéra au restaurant chez Lapérouse, deux cents ans plus tard avec des danseuses du Crazy toujours chez Lapérouse) ;

— il y a un traumatisme générationnel au Bataclan : le meurtre de la petite Marthe assassinée par Soleilland le 31 janvier 1907, le massacre du 13 novembre 2015 dans la même salle de bal ;

— attirance pour les produits stupéfiants : morphine, opium, éther, cocaïne en 1900, kétamine, 3-MMC, ecstasy, LSD, GHB, DMT et cocaïne en 2020 ;

— un grand maître poète et débauché que l'on visite avec respect : Verlaine, Houellebecq ;

— la prostitution (célébrée puis pénalisée) ;

— une femme culte : Rachilde, Despentes ;

— l'antisémitisme début XXe est populaire, il revient à la mode début XXIe ;

— le complotisme est partout (la franc-maçonnerie satanique au XIXe, les Illuminati et autres fake news au XXIe) ;

— une devise commune, celle de Théophile Gautier, le chevelu au gilet cerise : « Notre rêve était de mettre la planète à l'envers. »

4.

— Octave, je peux te poser une question ?

— Oui, quoi ?

— Pourquoi gardes-tu ton alliance au doigt ?

— Parce qu'elle me rappelle une chanson de Coldplay intitulée « Amsterdam » que j'ai écoutée un jour avec une demoiselle qui me caressait la joue. Parce que cet anneau m'émeut plus que tout. Parce qu'il symbolise quelque chose de si absolu que tout le reste ne rime à rien. Parce qu'il me remémore que ma femme baise mieux que toutes les autres femmes réunies. Parce que cette bague prouve qu'un jour une Suissesse m'a rendu assez fou d'elle pour lui demander de rester avec moi toute notre vie, et qu'à cette question de malade, cette Suissesse a répondu « oui », ce qui était la seule réponse encore plus dingue que la question. Parce que, pour m'enlever mon alliance, tu devras me couper le doigt. Ah zut, voilà que je pleure, pardonne-moi, tu es si fine, je te quitte, il faut que je reboive. Adieu, hashtague-moi sur #balancetonmaqué !

— C'est chiant ! Ta femme gagne tout le temps sous prétexte qu'elle n'est jamais là.

Je reprends du K pour gravir un échelon supplémentaire vers l'égrégore, l'âme incarnée en fantôme. La kétamine permet la mise en pratique des thèses occultes du chevelu barbu suprême : Joséphin Péladan. On peut se détacher de son corps pour voyager dans les zones floues entre le réel et la fiction (voire devenir autre par la pensée). Le phénomène de décorporation sous K est tout simplement la preuve de l'existence de l'âme. Une entité séparée du corps, une conscience baladeuse dans l'univers, capable de quitter le cerveau humain pour inspecter les environs, voir ce qui se passe aux alentours, parfois remonter le temps avant de réintégrer l'enveloppe de chair. Durant des millénaires, les théologiens du monde entier ont cherché une preuve de l'existence d'une conscience indépendante de notre enveloppe humaine : cher saint Augustin, inutile de te prendre la tête, il suffisait de sniffer une grosse ligne de kéta et d'attendre cinq minutes.

Je regarde le plafond descendre vers moi comme le broyeur d'un camion d'éboueurs. J'ai peur de finir compressé comme un César, le sculpteur qui a le mieux représenté notre destruction. J'ai la mine renfrognée les traits creusés les yeux enfoncés des hommes qui ont beaucoup fêté même quand il n'y avait plus rien à fêter. Ne vous inquiétez pas si le je devient il. Accoudé au bar, JoeyStarr demande à Octave :

— Ça va ?

Pas de réponse. Octave reste muet en le fixant droit dans les yeux, avant de baisser la tête sur son téléphone. JoeyStarr se dit qu'Octave est fâché, qu'il lui fait la gueule pour une raison oubliée. Soudain le portable de JoeyStarr vibre. Il lit un sms : « Très bien et toi ? »

C'est mauvais signe quand on ne parvient plus à communiquer que par short message service avec les amis qui sont debout en face de soi.

JoeyStarr sort de sa veste une bouteille de parfum qu'il boit cul sec pour sentir bon. Il tape sur son clavier, le portable d'Octave sonne et affiche une émoticône de caca avec des yeux. Octave et JoeyStarr s'entendent bien sans se parler. C'est ainsi depuis qu'ils se sont rencontrés lors d'une soirée hip-hop dans un hangar du 15e arrondissement. C'est une forme de miracle ; leur différence les destinait logiquement à une détestation réciproque, ou une bagarre générale, ou une indifférence totale. Leur amitié étonne les autres mais pas eux-mêmes car ils savent qu'ils sont deux naufragés s'accrochant au radeau de *La Méduse*.

L'émoticône est pratique en cas de blocage cérébral mais nos deux poètes en perdition préfèrent tous deux la langue française. Leur conversation par sms se poursuit. Octave envoie :

— Mais qu'est-ce, mais qu'est-ce qu'on attend pour foutre le feu ?

Joey répond :

— Ça fait déjà des années que tout aurait dû péter.

Octave continue :

— La bourgeoisie peut trembler, les cailleras sont dans la ville.

Ils se sont envoyé la même phrase en même temps ! Leurs deux messages se sont croisés. Ils sont fiers comme des idiots. Joey tape ensuite :

— Ah ça y est t'es en mode Bernardo[1] ?

— Cette perspicacité t'honore.

— Tu pourrais peut-être partager la cause de ce souci locutoire ?

Octave fouille dans la petite poche avant droite de son jean, celle où tous les drogués planquent leur came en se croyant invisibles, alors que c'est le premier endroit où les policiers cherchent en cas d'arrestation. Il laisse traîner son bras ballant contre le comptoir, JoeyStarr frôle sa paume et s'empare de l'objet du délit, le tout n'a pas pris plus d'une demi-seconde. Joey envoie un dessin de siège de WC et Octave reste seul au bar, ce qui lui laisse le temps de taper ceci :

— En m'empêchant de parler, la drogue m'oblige à écrire. Si je suis toxicomane, c'est par conscience professionnelle.

1. Ici une explication s'impose. Il s'agit d'une référence à un feuilleton télé en noir et blanc dans lequel Bernardo est l'assistant muet de Zorro. (Note de l'auteur silencieux.)

Passant du fuchsia au rubis, la lumière des plafonniers l'éclaire comme une poursuite sur la scène de l'Olympia sauf qu'il ne se souvient plus de son texte. Et c'est comme si le plafond se mettait à saigner. Il est difficile de distinguer ce qui est mirage ou visage, dans le brouillard de l'asphalte de cette piscine antarctique d'ardoise violette. Il reste assis sur son tabouret tout en promenant son âme partout dans le liquide. Son horizon est le mur de caramel fondant sur lequel clignote un néon « Souris cabrón » en 3D métallique orné de flambeaux imaginaires.

Et le monde était oblique.

6 heures du matin

« Nash, votre rire est-il un appel au secours ?

— C'est ce que sont les rires de tout le monde. »

Lawrence Durrell, *Tunc*, 1968.

1.

Je sors du Medellin, j'ai besoin de respirer du CO_2. Dehors les nuages glissent dans le ciel comme si Dieu fumait un cigare et recrachait la fumée sur le monde. À l'heure qu'il est, les mutinés du Fouquet's doivent être en garde à vue en train de se faire asperger de bombe au poivre dans les yeux.

Vers l'Alma, le bitume fondu a creusé des cratères gris : c'est comme si l'on marchait sur une lune molle. Trois chars militaires descendent l'avenue Marceau dans un cliquetis de chaînes rouillées à la Tiananmen. Octave a l'impression d'habiter un tableau de Bruegel. Pensait-il que l'apocalypse se déroulerait dans la quiétude ? Il est naturel que l'approche de la fin suscite des scènes de panique générale. Ce mouvement ne fait qu'annoncer la catastrophe ultime, comme la fuite des animaux annonce l'arrivée du tsunami.

En marchant vers la station de taxis de l'avenue George V, Octave se retourne pour vérifier que Manon le suit.

Il porte toujours sur lui un petit masturbateur clitoridien, sorte de pompe qui aspire le bouton du plaisir et qui, à la fois par succion mécanique et vibration rapide, conduit la femme à l'orgasme en moins de trente secondes. L'homme ne sert plus qu'à chuchoter des obscénités jouissives à l'oreille et embrasser profondément pour augmenter le plaisir. Il n'a aucune utilité mécanique, il ne sert qu'aux caresses verbales. Tel est sans doute le futur de la masculinité.

Nous remontons la rue Vernet vers le Drugstore. Je pense à la bande d'Armanet, le Caca's Club des sixties… les minets chaussés de Clarks – et non par Carvil – sont tous morts d'overdose ou d'embourgeoisement. Comme nous.

Manon ressemble à une publicité Fiorucci de 1980. Un feu d'artifice éclate dans le ciel mais il n'est pas vrai. Dans mon organisme, une molécule étrangère a fait tomber la séparation – très surestimée – entre ce qui existe et ce qui n'existe pas.

2.

Aujourd'hui la littérature n'a plus d'autre message que : sauve qui peut.

Et soudain avec la kétamine on est un quart d'heure après, à l'arrière d'une voiture qui roule dans le 16e, et Octave cligne des yeux et il est encore une demi-heure plus tard chez des gens qu'il ne connaît pas. La moquette est en laine de mouton comme dans les années 1970 et il entend « Rikki Don't Lose That Number » de Steely Dan en tentant de dompter sa paranoïa topographique, son GPS intérieur affolé lui suggérant de s'en aller vite mais son corps refusant de bouger. Sur un téléviseur muet, Octave distingue un jeune homme masqué qui reçoit un jet de canon à eau dans les couilles. Il effectue un vol plané de dix mètres avant de s'effondrer, recroquevillé sur ses parties génitales dans un miroir d'eau étincelant sur le bitume éclairé par les lampadaires orangés. C'est dommage d'avoir à infliger cela à quelqu'un qui aspire à un monde meilleur. Le doux rêveur aura les testicules bleus et enflés pendant trois semaines. Devant un réfrigérateur ouvert, Manon demande une minute de silence pour les homards exterminés. Octave voit qu'elle ne porte pas de soutien-gorge mais se demande si elle a une culotte. Il se souvient d'un vers de Michel Houellebecq inscrit en sucre sur son gâteau de mariage chez Lapérouse : « Adieux à la raison. Plus de tête. Plus qu'un cœur. »

3.

On est des organismes vivants disséminés à la surface d'un monde bordélique et incompréhensible mais on est en contact et c'est ça qui compte. Rien n'a le moindre sens à part nos doigts entrelacés.

— Je suis assis ici mais mon âme est dans la pièce d'à côté.

— Ah bon ? Tu as une âme, Octave ?

Je veux un Jim Beam. Les mélanges ne font plus rien après cinq heures du matin. Je suis penché comme le grand pin de mon jardin, ma tour de Pise tordue qui perd ses épines sous les orages.

Je veux ressembler à un Otto Dix sous perfusion de lumière. Je traduis « Within » de Guy-Man : « Il y a un monde en moi que je ne puis expliquer, s'il vous plaît dites-moi qui je suis. »

Les lumières de Noël sur le Trocadéro : ils ont voulu saboter la naissance du Christ. Nous devons retrouver une vision liturgique du monde.

4.

Octave reçoit un message de Lena Doytcheva-Parango, sa fille russe vivant au bord du lac Baïkal. « Papa, je t'annonce que tu vas être grand-père. » Oh, mon, Dieu ! C'est comme si Iggy Pop arrêtait la drogue pour manger du tofu. Ce qu'il a d'ailleurs fait. C'est grâce au tofu qu'Iggy a survécu à ses potes David (Bowie) et Lou (Reed).

Octave envoie ce texto à Lena :

— Si ma fille fait des enfants en même temps que moi, où va cette famille ?

Quand on vient de l'ancien monde et qu'on ne comprend rien au nouveau… Il ne reste plus qu'à passer dans celui d'après.

La génération suivante est plus forte que la mienne. Nos enfants sont la génération la plus couvée, la plus dorlotée, la plus protégée et la plus proche de ses parents qui ait jamais existé. Non seulement ils n'ont pas connu la guerre mais ils n'ont pas connu les pensionnats. Leurs parents sont leurs amis. Les parents des nineties ont été tolérants, ouverts, présents, compréhensifs et attentionnés avec leur progéniture durant toute leur existence. Cela n'existait pas auparavant. Et le résultat est : Emmanuel Macron. Des jeunes au sourire invincible. La gentillesse a remplacé le cynisme. Être aimable, doux et pacifique est devenu le comble de la puissance. C'est ça le plus dur avec les millennials : ils te regardent crever avec une bienveillance vaguement navrée. Macron est un rouleau compresseur, d'une effrayante tendresse, d'une indifférence chaleureuse. Je ne comprends pas pourquoi il n'a pas saisi la perche que je lui ai tendue. La solution festive à la douleur française est la légalisation de l'herbe qui déclenche un rire pacifique et joyeux. Remplir les caisses de l'État avec un Rire qui ne soit pas un Gourdin.

L'idole d'Octave se nomme Rudolf Schwarzkogler. Cet artiste actionniste viennois s'est castré (sectionné le pénis avec un sécateur) puis défenestré du quatrième étage. Mort à vingt-huit ans. Un modèle d'intégrité artistique.

L'injure suprême ?
— Espèce d'instagrammeuse.

Mon enfant fait un enfant.

J'ai écrit cette phrase et les lettres se sont mises à flotter dans les airs comme des ballons argentés gonflés à l'hélium.

5.

— Emmenez-nous à l'Hôtel de Berri chez Madame Elsa Schiaparelli, l'inventeuse des sacs en forme de téléphone et des chapeaux en forme de chaussure.

Le taxi a refusé de nous prendre pour aller si près… Je ne pouvais tout de même pas arriver au Travellers dans cet état… Nous avons donc cheminé à pied par l'avenue Pierre Ier de Serbie… À l'Hôtel de Berri, le réceptionniste me trouvait toujours une chambre, dans l'ancien hôtel particulier de la Schiap', cette amie de Dalí et Cocteau… Son jardin était sauvage, comme une jungle abandonnée après un hiver nucléaire… C'était dans la rue du Val d'Isère, là où l'acteur Robert Dalban mangeait ses fondues, en face du City Rock Café de Ringo Willy Cat, où l'on gobait autrefois des banana-splits dans une vieille Cadillac ayant appartenu à Elvis… Mon Dieu, je vis beaucoup trop dans le passé… Je devrais porter un monocle, une montre à gousset, une moustache et un chapeau melon.

En marchant, je marmonnais des noms disparus.

— Tu vois ma veste trop grande, j'ai piqué l'idée à Kid Creole and the Coconuts… Le meilleur morceau n'est pas « Annie I'm Not Your Daddy » qu'on entend trop à la radio, Guy Cuevas préférait toujours passer « Stool Pigeon » au Privilège… Regarde à droite, là-bas… Yves Mourousi descendait à l'Espace Cardin quand c'était un restaurant tenu par Jacques Collard et puis il repartait dans son bar, le Look, au 49 rue Saint-Honoré… On dansait le rock de la langouste des B-52's avec Luigi d'Urso et Emmanuel de Brantes en imitant les pinces d'un homard géant… C'était le temps où Paris découvrait le mezcal au Café Pacifico, avec ses ventilateurs au plafond inspirés d'*Au-dessous du volcan*… Daniel Filipacchi se cachait ici, tu vois ? Le Relais Boccador, avec ses huit tables, le meilleur vitello tonnato de Paris… Tu as vu *La Nuit porte-jarretelles* de Virginie Thévenet ? Y'avait tout le monde dans ce film : Banier, Louboutin, Eva Ionesco… Vincent Darré, Maud Molyneux, François Baudot… Regarde, là, c'était le Doobie's… le patron se prénommait Narbé, un des mecs les plus faramineusement drôles de Paris… C'était en face du bureau de François Truffaut dans cette impasse, la rue Robert Estienne… et ici, à droite y'avait le Milliardaire, le bar à hôtesses de la rue Pierre Charron, c'est là que j'ai présenté Jean d'Ormesson à Alain Robbe-Grillet… Sais-tu que Raymond Roussel a vécu ici, rue Quentin-Bauchart, chez sa sœur, juste avant de se désintoxiquer de l'opium en 1928 ?

Je m'aperçois que ces noms ne disent strictement rien à Manon, qui ne réagit même pas…

Elle dort debout à mon bras.

Le dilemme d'Octave : soit être réveillé à six heures du matin par un bébé dodu sur la Côte basque, soit être allongé dans une cuve de bubble gum imaginaire à se demander comment son cerveau va rejoindre son corps.

Dans la suite numéro 9 de l'Hôtel de Berri, j'ai pris une poutre de coke. La kéta est redescendue mais j'ai fait un malaise. Manon m'a porté sous une douche froide pour me sauver la vie. J'ai gobé deux Stilnox pour dormir. Avant de comater, je l'ai entendue soupirer :

— Pourquoi as-tu si honte d'être heureux ? Tu trouves que le bonheur c'est ringard ?

6.

Octave effectue ces mélanges en connaissance de cause. Il considère que sa mort serait une bonne excuse pour expliquer l'absence de chronique écrite sur France Publique dans deux heures. « Bonjour la France, Octave Parango est navré de ne pas pouvoir assurer sa chronique humoristique de ce matin pour cause de décès. Octave Parango était l'incarnation d'une littérature post-naturaliste à tendance néo-décadente. Nous reviendrons sur ce drame qui touche le milieu des lettres germanopratines dans notre journal de 9 heures, avec Antonin Tarpenac en direct du Café de Flore. »

« Bonjour Antonin, vous êtes en duplex avec Simon Liberati et Marc Lambron. Que pouvez-vous nous dire sur cette disparition inopinée de l'auteur de *99 francs* après une soirée légèrement excessive dans le 8e arrondissement ?

Simon : — Je pense d'abord à sa famille décomposée, ses parents divorcés, sa veuve sexy et ses bébés dodus, et je tiens à leur exprimer ma peine en ce triste jour. Ensuite je crois que malgré notre deuil très douloureux mais provisoire, il nous appartient de ne pas oublier son message glauquiste, bien que potache. Octave était certes un écrivain surestimé et difficile à suivre, avec des cheveux parfois gras et une hygiène de vie déplorable, mais son œuvre doit nous guider vers un monde plus esthétique, guéri des injonctions consuméristes.

Marc : — Il y avait dans Octave du "parangon", comme le cratylisme onomastique le suggère, mais au moins est-il resté "fidèle aux rêves de sa jeunesse", pour reprendre le dernier mot de Melville, trouvé sur sa table de travail après sa mort. »

Et finalement.

Je cherche la télécommande pour zapper sur une autre vie.

C'était l'heure de se branler en écoutant la voix de la fille qui énumère les bouchons sur FIP.

Octave finira-t-il la tête dans un sac en plastique comme Jerzy Kosinski et David Hamilton ?

Le corps enduit de Johnson's Baby Oil, elle luisait comme si ses seins, son nombril et ses fesses étaient en or massif. Elle glissait entre mes bras en émettant des bruits de savonnette, j'avais l'impression qu'elle avait des vagins mouillés partout, ses mains et sa bouche étaient des vagins, ses cuisses étaient des vagins, son cul était un vagin, inutile de savoir si elle mouillait tant elle était lubrifiée. Mon vibro allait et venait sur sa peau trempée et fluide en faisant ventouse et rapidement elle hurlait en ajoutant son squirt à son océan d'huile. J'aimais son clapotis, le bruit de la femme ointe, la glissade sur son corps de patinoire brûlante. J'ai débandé puis rebandé assez tôt, quand elle m'a dit qu'elle accepterait de se faire percer les tétons devant moi. Elle connaît un salon de tatouage qui accepte de pratiquer les piercings en public. J'ai demandé si je pourrais me branler en écoutant ses cris de douleur et éjaculer sur le sang qui giclerait de ses seins. Elle a joui quand j'ai dit ça, en imaginant mon sperme mêlé à son hémoglobine, formant une nappe rose sur son torse, couleur de milk-shake à la framboise, avec mon gland qui tapait dans sa gorge, par spasmes durables. Je crois que si elle était morte étouffée par ma queue appuyée sur ses cordes vocales, je l'aurais considéré comme une preuve d'amour courtois. J'aurais pleuré de gratitude sur son cadavre romantique.

Hallucinations visuelles mais aussi auditives. J'entends des voix qui n'existent pas, je sursaute en entendant un grand craquement alors qu'il ne s'est rien passé.

En réalité pendant presque une heure j'étais plongé dans un bain d'eau glacée tandis que mon âme tournait autour du lustre de cristal en contemplant Manon vibrer avec mon sex toy et jouir cinq fois de suite. Mon âme voyeuse et voyageuse n'a daigné revenir dans son enveloppe terrestre qu'à l'instant où la jolie étudiante en lettres s'est endormie en têtant mon vibromasseur poisseux et gluant de son plaisir. En position fœtale, elle ressemblait à ma gargouille préférée sur le toit de Notre-Dame : la Stryge. C'est une démone surpuissante, telle la Russalka des eaux russes, ou Oona la Reine des Fées celtes. Mon égrégore décorporé a flotté autour de la Stryge en spirales... puis le réveil a sonné. C'était l'heure où les chroniqueurs vont blablater.

Il n'y avait personne dans cette chambre. Étais-je seul depuis le Medellin ? Il est clair que j'ai vexé Manon. Elle a dû partir pendant que je conversais par écrit avec JoeyStarr. Faut-il s'inquiéter quand les seules filles qu'on ramène sont imaginaires ? Il est possible que j'aie marché en parlant seul à haute voix dans les rues en cendres, comme un *homeless bum.* J'aurais pu me noyer tout habillé dans cette baignoire. Je ne sais pas comment j'ai survécu.

Il me suffit de me lever, car je suis nu sur la couette : j'enfile mon peignoir et je descends les escaliers vers la rue, et dirige mes pas vers la maison radiophonique rouge.

7.

Ce texte a été envoyé à six heures du matin par sms à Julie, la coordinatrice des chroniqueurs de la Matinale de France Publique, et accessoirement la fille la plus cool du monde.

L'idée de remplacer les mots de la langue par des images simplifiées est une des plus perverses manières de réduire l'intelligence humaine. Les objets, animaux, aliments ne sont plus désignés par des groupes de lettres mais par des images minimales, des schémas basiques. C'est un retour aux hiéroglyphes égyptiens ou une déclinaison non poétique des calligrammes d'Apollinaire. C'est la victoire de Disney sur Proust.

Peut-on retranscrire l'émotion proustienne en émojis ?

« Longtemps je me suis 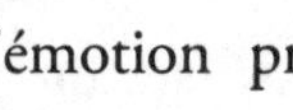 » ?

Nous entrons dans une phase de disparition lexicale. Cette nouvelle écriture rend impossible la complexité. Les débats sont simplifiés à l'excès. C'est le langage de l'éructation et de l'invective, du blanc et noir. Au départ les smileys sont apparus dans les sms comme des tampons modérateurs : par exemple, pour temporiser une exagération en ajoutant 😉. Mais progressivement les émoticônes remplacèrent le vocabulaire. Au lieu d'écrire « j'ai envie de toi » on envoie 🍆 🔥. La littérature peut-elle y gagner ? Je ne suis pas sûr mais faudrait essayer pour 👀. Bien que 😞, Octave a repris un 🍸 avec 👧 qui sentait la 🚬 ; il fut 🤔 😨 en entendant les 👮 qui 🔫 encore sur les ✊ 🤕. Son 👃 le piquait, 👧 disait qu'elle cherchait ❤️ mais ne trouvait que 🍩 contre 💰. La 🌍 se ♨️, la 🌃 et le ⌛ conduisaient à la 💀. Octave était une 🗑️ non recyclable. Le 🎧 passait une 🎶 qui le rendait 😉 à moins que ce ne soient ses 💊 aux 🚽. Son 📱 sonnait dans son 👖 mais il n' 👂 rien. La vie était un 🕳️ et le 🍾 ne permettait pas d'oublier 👽. Ce qu'il avait préféré depuis 👶 ? Une 👩 qui 💅 sur un 🛋️ et l' 🌄 sur la 🌊 et aussi regarder 🌌 🌠 en état d' 🐷. Il héla un 🚖 pour emmener 👩 🎓 mais il craignait de se prendre un 🚪💨. Au fond Octave était un 🐥 qui se prenait pour un 🐊. Il 🙄 pour masquer sa 😱 et son envie de 😿. Il voudrait 💦 pour éviter 😬. Il y a des 💭 dans les 👀 de Manon : elle ressemble au 😈, à une 🦁, à une 🐯…

Croit-elle que la vie est un tour de 🎠 ?

Cette page de 💩 offre un aperçu de ce que les 📚 perdront en quittant 🖋 pour devenir des 🖥.

7 heures du matin

« Et les hommes furent brûlés par une grande chaleur. »

Apocalypse selon saint Jean, entre 60 et 96 après J.-C.

1.

Après une averse, l'avenue des Champs-Élysées se met à briller comme le ventre d'une baleine. Les nuages blancs voilent le soleil et le flot des voitures monte vers l'Arc de Triomphe, ravagé mais ouvert, tel une immense porte sur un autre monde. Les canons à eau nettoient l'Étoile : un Kärcher géant. Les individus protestataires sont balayés comme des feuilles mortes ; et les pavés lavés de leurs scories.

Je ne suis pas un vieux, je suis un pré-mort. (C'est ainsi, « pre-dead », que se définit l'écrivain américain T.C. Boyle.) Ou un homme posthume, comme dit Nietzsche de lui-même (« les hommes posthumes – moi par exemple »), dans *Le Crépuscule des idoles*.

Lors de l'enterrement de Victor Hugo, sur les Champs-Élysées, son catafalque fut exposé sous l'Arc de Triomphe, gardé par douze jeunes poètes, puis escorté par deux millions de personnes directement jusqu'au Panthéon.

Dehors le jour se levait de plus en plus ; cela devenait un problème urgent, ces nuages en forme de troupeaux de moutons. Fallait-il les compter pour trouver le sommeil, au moins pendant dix minutes dans le taxi avant de parler en direct à tout mon pays ?

2.

En peignoir, Octave passe devant dans un magasin de pompes funèbres. Il pousse la porte d'entrée.

— Bonjour Monsieur, dit le croque-mort. Qui est le défunt ?

— Moi.

C'était un matin d'hiver, une splendeur transparente, un ciel perle comme une eau-forte, et jamais je ne m'étais senti aussi mal. Marcher est si compliqué quand il y a deux couloirs parfaitement identiques devant soi alors qu'on sait pertinemment qu'il ne devrait y en avoir qu'un seul. Il s'agit d'effectuer un grand nombre de pas, les uns devant les autres, jusqu'au studio, sans tomber, ni laisser ses empreintes digitales sur les murs vitrés. Parvenir à parler sans baver sera le fruit d'efforts incommensurables. Je salue les autres participants d'un hochement de tête ponctué de borborygmes. Dans ma paranoïa, ils comprennent tout de suite que je suis anormal en entendant mes mâchoires claquer. En réalité, ils s'en foutent et corrigent leur chronique. La Matinale est le seul endroit où arrivée d'un chroniqueur en peignoir de bain est quelque chose d'absolument banal. Dans le couloir, ceux qui ont fini leur direct sont détendus et discutent avec ceux qui vont parler bientôt, lesquels ne les écoutent pas car ils répètent leur texte à haute voix et bombent le torse pour cacher leur frousse. Le plus jovial est Dominique Gombrowski ; il répète sa revue de presse en moulinant l'air avec ses bras, comme un comédien du Français. Il me dit que je suis beau, que je sens la vodka, et reprend sa diatribe sur la révolte des gilets fluos (on en est à l'acte 1, une dizaine de bagnoles enflammées). J'essaie au prix d'une concentration surhumaine de lui sourire sans grimacer. Lui seul me pardonne mes excès, on se connaît depuis longtemps, il croit que derrière l'épave se cache un grand professionnel. Le temps que j'aurais passé dans ma vie à essayer d'avoir une tête normale… mais plus je fais d'efforts pour composer un visage serein, plus j'ai l'air de faire un AVC. Je fais la bise à Sylvia Villerde. Elle semble stressée, sa chronique est trop longue, elle n'est jamais satisfaite. Elle anime trente minutes d'émission juste après 9 h 30, sa vie est un enfer ; la panique est son état normal. Je voudrais l'emmener dans un pays chaud mais ce n'est pas le bon contexte pour la supplier de gambader sur du sable.

3.

Dans le couloir rouge de la mort médiatique, je m'achète un Coca-Cola glacé au distributeur automatique. Un grand chauve m'aborde :

— Vous êtes Octave Parango ?

— Ou ce qu'il en reste…

— Cette boisson est trop sucrée. Je suis médecin. Faites attention à vous.

— C'est dur la vieillesse. On doit faire attention au sucre, au sel, au gras, à la vodka, à la kétamine…

Le géant dégarni croit que je plaisante et engage la conversation avec quelqu'un d'autre. Je me gave de soda trop riche en saccharose. S'il était un bon professionnel, il me ferait immédiatement hospitaliser pour un lavage d'estomac.

Ce qui m'a broyé, c'est moi, et moi seul. Je suis trop émotif, j'ai présumé de mes forces. J'aime faire le pitre mais je suis trop timide. Il ne fallait pas me proposer ce travail et j'aurais dû le refuser. Mais je voulais récolter des compliments dans le train Saint-Jean-de-Luz-Montparnasse. Je voulais une dernière ration de gloriole comme un toxico réclame une dernière dose. C'était aussi pathétique que mes nuits sur les pistes de danse avec un garde du corps pour me protéger des enfants. J'espère avoir parfois, une fois peut-être, enjolivé la matinée d'une inconnue, comme la rosée dépose son vernis sur la terre et fait briller la nature, après la sauvagerie de la nuit, avant la lassitude du ricaneur.

J'estime déjà très étonnant d'être en vie et physiquement présent dans ce studio 511 de la Maison Rouge. Et il faudrait en plus que j'aie préparé quelque chose ? La France m'en demande trop. Estimez-vous heureux que je parvienne à ânonner quelques mots dans le micro… Il y a deux heures, j'étais tellement kéblo que mon seul mode de communication consistait à écrire sur des bouts de papier et les tendre à mes camarades de comptoir. En prime-time radiophonique, ce serait conceptuel :

— Ah ! Octave me fait signe qu'il a quelque chose à nous dire…, s'écrie Laura. Je lis son morceau de papier… « Bonsoir tout le monde. »

— Eh bien merci Octave pour cette excellente entrée en matière ! Autre chose ?

— Attendez, il m'a tendu un autre Post-it… « Je t'aime, quitte ton mec et retrouve-moi au Zebra après l'émission, chambre 102. »

— Merci Octave, on enchaîne tout de suite avec Antonin Tarpenac et son invité Xavier Polan, vingt-deux ans, le prodige du septième art, qui vient de réaliser *Aujourd'hui maman est vivante*, son dixième film en compétition à Cannes.

Ma vie au XXe siècle : être à bord d'une Lamborghini pied au plancher avec l'autoradio à fond. Et au siècle suivant, on s'est aperçu que la voiture était prêtée par un gars qui est en prison, qu'en fait elle ne lui appartenait même pas, qu'il la louait mais sans payer le proprio, et un jour les huissiers ont saisi la Lamborghini, et tu finis à pied, et le paysage défile moins vite, soudain tu vois tous les détails du monde en panne.

Le romancier à message voulait seulement marcher pieds nus dans l'herbe qui descend en pente douce vers la mer, quand l'été se termine. Il voulait ronfler dans le train qui le ramène pour manger des pieds de bambin, et savourer le peu de temps qu'il lui reste à vivre allongé sur une pelouse jonchée de pâquerettes, et au moment où tu pourrais t'endormir tu sens ton fils qui t'escalade comme un koala dans ton cou, le poupon galopin pose sa tête ronde sur ton épaule et s'encastre contre ton torse pour que tu le serres très fort, tu humes ses cheveux doux et il babille des onomatopées dans le creux de ton oreille, mais le jour où il a dit deux fois « pa » tu as fondu en larmes, les fraises et les framboises ne demandent aucun travail, elles poussent à l'ombre derrière ma cabane, et quand les enfants en ont volé ils nient, mais les taches sur leurs tee-shirts les dénoncent. Le contact de ta petite main sur mon bras m'empêche de dire la vérité : je n'ai pas assuré ta sécurité pour les années à venir, je n'ai pas été à la hauteur de la tâche qui m'incombait, j'ai laissé le monde s'abîmer et je ne mérite pas ta confiance, ni la caresse de ta petite main sur ma joue qui pique.

On peut se suicider sans mourir. À travers la baie vitrée, le soleil se liquéfiait dans la Seine orangée. Autour de moi, tous ces gens étaient gentils mais ils avaient un pays à réveiller, des nouvelles à transmettre, et mon combat pour la frivolité ne m'avait jamais semblé plus vain. Un petit prétentieux, voilà tout ce que j'étais, je devais changer les idées d'un peuple qui souffrait, avoir l'humilité de travailler et non de glander. Défendre l'oisiveté en prime-time n'avait pas plus de sens que d'augmenter les impôts en période de crise. L'humanité avait besoin de souffler, je voulais rentrer dans un lit, et m'éteindre complètement.

4.

Dans l'enfance, le temps passe si lentement qu'il semble immobile. Vers l'âge adulte, le rythme s'accélère mais on ne s'en aperçoit pas encore car on est obsédé par le futur, ce gisement inépuisable. Et puis vient l'âge mûr et alors le temps file à toute allure, comme la corde d'un arc qu'on avait tendue à l'extrême depuis sa naissance, pour la retenir, et qui lâche brusquement. Le temps fonce alors si vite que les années durent des minutes. Comme si Dieu avait appuyé sur la touche « avance rapide ». Les enterrements s'enchaînent, les anniversaires aussi. Soudain les bébés des autres passent le baccalauréat, le permis de conduire, se marient ou meurent. Passé cinquante ans, l'accélération vers le tombeau donne le tournis. Le futur n'est plus une richesse infinie. On croise des copains de l'adolescence devenus chauves comme des sénateurs. Nous sommes ridés parce qu'il est tellement fatigant d'essayer de retenir le temps ; c'est comme empêcher les chutes du Niagara de couler avec les deux paumes écartées.

Encore trois claquements de doigts et c'en sera fini.

5.

Les sondages viennent de tomber : je travaille pour la Matinale la plus écoutée de France. Ce matin, l'animateur du 7/9 présente fièrement chaque participant. « Et voici maintenant la météo la plus écoutée de France », « Et à présent l'économiste le plus écouté de France », alors quand vient mon tour, il poursuit sur sa lancée : « Tout de suite le billet d'Octave Parango, l'humoriste le plus écouté de France. »

Il eût été plus simple de ne pas y aller. Le type qui ne s'est pas réveillé est plus sympathique que celui qui se pointe sans avoir rien préparé. Nathan Dechardonne me toise comme si j'étais un hérisson écrasé sur une route départementale. Pourquoi sait-il si clairement ce qu'il veut, comment fait-il pour donner si bien le change ? Dans mon incertitude, je me sens plus proche de celui qui sait qu'il ne sait rien, mais qui en parle tout le temps (Socrate).

— Bonsoir Paris. Ceci est le manifeste des Post-Décadents. Premièrement, nous disons halte au rire. Nous ne voulons plus être drôle parce que le monde ne peut plus se le permettre.

Nathan m'interrompt :

— Je vous rassure, Octave. Drôle, vous ne l'avez jamais été.

— Oui, je suis l'agelaste du 7/9. Deuxièmement, nous vivons une dystopie au présent, je le reconnais : mon nihilisme carnavalesque a brûlé la planète. J'ai longtemps hésité entre la collapsologie et le suicide festif. Je m'appelle Octave Parango et j'aurai soixante-quatorze ans dans vingt ans. Quand ma vie s'achèvera, le monde sera inhabitable. Mon job sera terminé : j'aurai été finalement plus dangereux pour la Terre que Le Chiffre, le Spectre, et même le Joker. Dix ans de bals, dix ans de pub, dix ans de mode, dix ans de médias : je suis responsable de la catastrophe carbonique. C'est pourquoi aujourd'hui je quitte Paris. Je fuis la croissance économique. Ne m'en veuillez pas mais, cette nuit, j'ai découvert que je pouvais être assis ici pendant que mon âme était ailleurs. Je vais faire tout ce qui est en mon pouvoir pour arrêter de salir le monde. Je vais cultiver mon jardin, partager ma bagnole électrique, ne plus prendre l'avion, me chauffer avec des panneaux solaires… La machine désirante de Gilles Deleuze passe à la déconsommation. Je n'ai jamais été un exemple, plutôt un antihéros. Est-ce qu'un antihéros peut devenir un exemple ? J'ai tenté d'avertir mes contemporains. En l'an 2000, je disais la même chose que Greta Thunberg aujourd'hui. Je tiens à préciser que je n'ai aucun mérite. Le rapport du Club de Rome sur les limites de la croissance date de 1972. Nous savions que nous allions dans le mur mais nous espérions ne plus être là quand l'humanité s'apercevrait de l'entourloupe. Il se trouve que nous vivons toujours quand nos enfants nous demandent des comptes. Le capitalisme est inarrêtable parce que la publicité est plus puissante que notre volonté d'enfants gâtés. Il faut désormais sauter de l'appareil en route. La canicule finale est pour 2030 selon Guy McPherson, l'initiateur du concept de « NTHE » (Near-Term Human Extinction, traduction : Extinction Humaine À Court Terme). Soit un système écolofasciste prend le pouvoir mondialement dans l'année, ce qui est peu probable. Soit nous devons profiter de la dernière décennie humaine pour nous sauver. Tel est le message des Post-Décadents. On peut être à la fois Post-Décadent et Néo-Rural. Il est surréaliste que l'humanité continue d'aller au bureau. Les gens devraient hurler de terreur continuellement. Ou tout plaquer pour retourner dans une forêt afin de baiser toute la journée avec hommes, femmes, animaux, plantes, niquer toute la création sexuellement, puisque c'est ce que nous lui avons fait métaphoriquement depuis l'avènement de l'ère industrielle, à la fin du XIXe siècle (l'époque des Premiers Décadents). Nous n'avons plus qu'à attendre la flambée finale en serrant nos enfants dans nos bras comme Charlotte Gainsbourg dans *Melancholia.* Il faut se prosterner et prier Dieu. Qu'avons-nous à perdre ? L'utopie la plus optimiste aujourd'hui, c'est d'espérer un miracle. Et demander le pardon de nos péchés le reste du temps. C'est la seule façon d'accepter l'inacceptable. Nous étions un accident dans l'univers et nous allons disparaître. Notre planète va redevenir aride comme ses voisines ; la norme sera rétablie dans la galaxie : des cailloux brûlants ou congelés qui tournent dans le vide avec strictement rien dessus et sans la moindre signification. Aucune vie, nulle part. La nuit partout, et le silence, continu. Merci Seigneur pour l'humanité, ce beau pari perdu. Aujourd'hui nous le savons : la démocratie du pouêt pouêt équivalait à un suicide collectif façon Temple solaire. Nous nous sommes immolés par le rire. Il est trop tard pour se plaindre. Toute notre alimentation est empoisonnée au plastique. L'air que nous respirons est vicié. Il fallait refaire mai 1968 en novembre 1989, après la chute du mur de Berlin au lieu d'organiser des bals costumés. Ma génération, adepte de ce que Raoul Vaneigem appelle « l'hédonisme de supermarché », porte une responsabilité incommensurable, gigantesque, trop lourde pour ses épaules fluettes. Vous vous rendez compte ? Si on nous avait dit qu'on serait la dernière génération de l'histoire de l'humanité… Il y a de quoi devenir marteau. Dans les années 1980 nous proclamions « No future » parce que nous pensions en avoir un. Aujourd'hui que nous n'avons plus d'avenir, nous n'avons plus tellement envie d'être punks. C'est pourquoi je demande au président de la République de légaliser immédiatement le cannabis. La France a besoin d'être hippie. Le mot d'ordre : il faut se sauver pour sauver le monde. Partez tous, quittez les villes, fumez le calumet de la paix. En vérité mes frères et mes sœurs je vous le dis : aujourd'hui, nous devons tous ralentir notre rythme de vie pour survivre. La frénésie consumériste nous tue, et donc c'est peut-être la nonchalance qui nous sauvera.

— Eh bien merci Octave pour ce message d'espoir, dit Laura Salomé, tétanisée.

— C'était donc la dernière chronique d'Octave Parango, se réjouit Nathan Dechardonne.

— N'éteignez pas tout de suite pour courir nu dans la rue, grommelle Antonin Tarpenac. Y'a mon émission après.

Je continue de parler par-dessus les quatre bips de neuf heures du matin, tant pis si je bouffe de l'antenne, je sais que c'est ma dernière fois :

— Sortant de la piscine où je l'ai plongé un instant, Jésus avance à quatre pattes sur la pelouse. Il rampe en crabe dans le gazon, sous le soleil. Il s'arrête sous le hamac pour arracher une écorce qui pendait au tronc du platane. Il suit du regard un papillon jaune porté par la brise. Il cueille une pâquerette, puis reprend sa progression sur les mains et les pieds vers les lauriers du jardin. Et puis soudain, comme sa mère ouvre grand une serviette pour le sécher, il n'a plus peur de tomber. Alors il se lève et, tout étonné de tenir debout, il se penche en avant et effectue un premier pas, puis un deuxième, sur l'herbe. Il n'en revient pas d'y parvenir. Cela fait des mois qu'il refusait et se remettait à quatre pattes pour avancer, par peur de l'échec. Mais aujourd'hui c'est fini, il ne tombe plus. Il marche, debout, pas après pas, vers la serviette chaude qui l'attend dans deux mètres. Il marche quinze pas d'affilée, écrasant les feuilles mortes et les aiguilles de pin. Il est debout pour la première fois de sa vie. Je filme avec mon téléphone mon petit garçon conquérant de fierté. Sa grande sœur l'applaudit.

— Il marche !

Je suis allongé dans l'herbe, la silhouette de Jésus se découpe sur le ciel bleu, et vu d'en bas, mon fils paraît tellement plus grand que son père.

6.

Je regarde Nathan s'excuser pour le retard derrière la vitre du studio. On sent qu'il fait attention à ce qu'il mange. Il a ce sourire pincé des gens qui se retiennent de jouir. C'est bizarre de ne jamais savoir s'il est heureux ou triste d'entendre des horreurs tous les matins.

Je croise Françoise Bachelot qui me sourit et m'embrasse, preuve que la patronne des programmes n'a pas dû entendre mon seppuku matinal.

— Très bonne idée de venir en robe de chambre, dit-elle. On va avoir de la reprise.

Julie, l'assistante des chroniqueurs, la fille la plus gentille du monde, qui m'a supporté tous les jeudis matin durant trois ans, malgré mes bourdes, mes angoisses, mes silences, et a toujours bu des mojitos avec moi, à chaque fois que c'était possible, Julie semble épuisée :

— Je me suis couchée à deux heures, levée à quatre…

— J'ai dormi cinq minutes : je te bats.

Je me retiens de vomir sur le clavier de son ordinateur.

— T'étais touchant ce matin.

— Ah bon ?

— Le standard explose sous les appels, les auditeurs sont en larmes. Tu vas être augmenté. Non, je déconne.

— Je me casse.

— Je l'avais bien senti mais il y a un truc que je ne comprends pas.

— Quoi ?

— Pourquoi t'as pas lu le texte que tu m'as envoyé il y a deux heures ?

— Quel texte ?

— Celui avec les émojis partout.

— Je ne vois pas du tout de quoi tu parles.

On se regarde longuement et on comprend tous les deux : j'ai envoyé un sms en plein K-hole. Elle me tend son portable et je lis un long message entrecoupé de petits dessins.

— Wow. Je ne me souviens de rien.

— Je te crois, il suffit de voir ta tête.

— Je suis une épave.

— T'inquiète. De toute façon, ça n'aurait rien donné de décrire des petits dessins à l'antenne.

— Je vais partir. On doit tous partir. Je pense ce que j'ai dit ce matin. C'est la fin. La société doit s'arrêter tout de suite.

— Je ne peux pas démissionner.

— Tu vas me manquer.

Un silence. La machine à café vrombit dans le couloir. Le distributeur d'eau glougloute. Julie me regarde tendrement.

— J'en ai marre que personne ne me dise « je t'aime »…

Elle a les yeux humides derrière ses lunettes. Je la serre dans mes bras. Nous sommes adoucis par la fatigue.

— Ne me serre pas trop, dit-elle. Je te rappelle que tu es nu sous un peignoir de bain.

— Je t'aime, Julie.

— Tu dis ça pour rire.

— Non. « Je t'aime » est la phrase la moins drôle du monde.

7.

Une heure après, le président de la République retweeta ma chronique tout en annonçant la dépénalisation du cannabis. Il invita tous les Français à venir « fumer la moquette sur le gazon de l'Élysée (ou réciproquement) tous les soirs à 19 heures, cause it's a punky reggae party ». Il ajouta même : « New wave, new rave. » La semaine suivante, il reprenait dix points de popularité au sondage Odoxa et douze sur le baromètre YouGov.

8.

Dans le train, les voyageurs remerciaient Octave. Le compartiment était parfumé à la marijuana néerlandaise et au haschisch marocain. Il acceptait son âge pour la première fois de sa vie. Il fredonnait « Going Up the Country » de Canned Heat : « Je m'en vais là où l'eau a le goût du vin. » Les joints circulaient dans le wagon, en toute légalité.

Il serait désormais un chômeur de plus de cinquante ans. Son actualité serait le lever du soleil, l'aurore sur la mer, les premières lueurs de l'aube qui filtrent par-dessus la Rhune. Trouver à manger pour les enfants dans le jardin, écrire et rester amoureux encore, jusqu'au bout de la piste noire.

Il téléphona à Lena pour la féliciter. Sa fille riait en l'appelant « papy ». Son fiancé était plus vieux qu'Octave. Il réparait des barques au bord de la Volga ; ils semblaient heureux. Elle tenait à ce qu'Octave soit présent à leur mariage, dans trois mois à Samara.

— Davaï ! Je vous apporterai du caviar d'Aquitaine, dit Octave. Il est bien meilleur que le russe.

Et plus tard, traversant les paysages de sa famille maternelle, le Poitou, le Limousin, le Périgord, dans un train qui roulait lentement vers son pays de cocagne, il sanglota quand l'océan apparut derrière les pins. Il ne pouvait s'en empêcher, et les passagers du wagon se demandaient pourquoi Octave pleurait de joie, comme s'il avait retiré un masque de smiley.

Paris, Guéthary et Pau, 2018-2020.

Cet ouvrage a été achevé d'imprimer sur Roto-Page
par l'Imprimerie Floch à Mayenne
pour le compte des Éditions Grasset
en décembre 2019.

Mise en pages

PCA 44400 Rezé

PAPIER À BASE DE FIBRES CERTIFIÉES

Grasset s'engage pour l'environnement en réduisant l'empreinte carbone de ses livres. Celle de cet exemplaire est de :
650 g éq. CO_2
Rendez-vous sur www.grasset-durable.fr

N° d'édition : 21306
N° d'impression : 95364
Dépôt légal : janvier 2020
Imprimé en France